御前試合

剣客大名 柳生俊平 6

麻倉一矢

時代小説

二見時代小説文庫

JN252780

目次

御前試合——剣客大名 柳生俊平《としひら》 6

第一章　太閤《たいこう》の贈り物

一

「このようなまずい饅頭《まんじゆう》、とても食えぬわ」

筑後《ちくご》三《み》池《いけ》藩主《はんしゆ》立花貫長《たちばなやすなが》は、ひからびた小さな饅頭を一口食べて、すぐに放り捨てた。

立花貫長をはじめ、深川《ふかがわ》で義兄弟の契《ちぎ》りを結んだ三人の一万石大名柳生《やぎゆう》藩主柳生俊平《としひら》、伊予《いよ》小松《こまつ》藩主一柳頼邦《ひとつやなぎよりくに》も、大紋長袴《だいもんながばかま》に威儀《いぎ》を正し、饅頭を口に運んでいる。

この日は月次《つきなみ》拝賀の登城日に当たり、大名はこうした定例の月次御礼に登城し、将軍に拝謁することで、徳川家《とくがわけ》への忠誠を無言で示すことになっている。

将軍の謁見は白書院《しろしよいん》で行われ、上段に将軍が着座し、国持《くにもち》大名が次の間で平身低頭する。むろん、この時にこれら大名さえ将軍を拝み見ることは許されない。

最格下の一万石の大名三人は、大広間のはるか後方の板縁の端に平伏し、終始頭を垂れていなければならない。

それでもよく耐え、三人はようやく他の大名とともに控《ひかえ》の間《ま》にもどって、やれやれと席についたところであった。

ちなみに、控の間《ま》もそれぞれの官位によって定められている。

その最低の禄高一万石まで官位従五位《じゅごい》以下の大名と大番頭《おおばんがしら》、書院番頭《しょいんばんがしら》、小姓組番頭《こしょうぐみがしら》の各旗本が、ここ菊《きく》の間に詰めることが定められていた。

このあたりの大名に供される菓子は、小さな饅頭二つ——。

「この茶、出涸《でが》らしではないか」

なるほど、立花貫長がぼやくほど茶も薄い。

「貫長殿、そのようなことを申されてよいのか。ここは殿中《でんちゅう》でござるぞ。ひたすら辛抱《しんぼう》なさらねば」

小柄で鼻も低く、両眼の間がひどく近いどこか鼠《ねずみ》のような顔立ちの同じ一万石大名一柳頼邦が、貫長の袖を引いて注意をうながした。

「いやいや。すまじきものは宮仕えよ」

太い眉、襟《えり》の短い達磨《だるま》のようなすわりの顔の貫長が、ふてくされて胡座《あぐら》の足をかいこんだ。

「なにを申される」

貫長のぼやきを聞きつけたのか、隣の赤穂藩森政房《あこうはんもりまさふさ》が渋面《じゆうめん》をつくって声をかけた。

「太平の世に、たとえ一万石とはいえ大名に列するだけでもありがたきことと思わねばならぬ。先の浅野家《あさのけ》のように、御家取り潰しの憂き目《うきめ》にあい、浪々《ろうろう》の身を余儀なくされた藩士は数知れずじゃ」

「森殿、まことに、まことに」

聞いていた柳生俊平が、にやにやしながら話に割って入ってきた。

生まれ育ちのよいことがひと目でわかる端整な瓜実顔《うりざねがお》であるが、けっして甘いだけの顔ではない。

剣の道を極めてきた兵法者《へいほうしゃ》だけの持つ鋭い眼光を、しっかりとその微笑の奥に隠している。

「およそ三十年前の赤穂藩主浅野内匠頭《たくみのかみ》は、松の廊下で吉良上野介《きらこうずけのすけ》に刃傷《にんじよう》におよび、御家断絶となっておるからの」

俊平はといえば、不満ひとつ言わず、小さな饅頭を二つ、とうに食べ終わっている。

「立花殿のご本家、柳河藩《やながわはん》のご藩主立花宗茂《むねしげ》殿など、関ヶ原《せきがはら》の合戦の折、西方に与し《くみし》て徳川家に弓引き、一時は浪々の身となられたはずではなかったか。それを、神君家《しんくんいえ》康《やす》公のご温情によって大名に復帰させていただいた。しかも、柳河藩は十万石」

俊平は、貫長の肩をたたいて言う。

「それはまあ、そうだが……」

貫長は、剃《そ》り残した顎鬚《あごひげ》をざわりと掌《て》で撫《な》で、大きな口をもごつかせた。

「上を見たらきりがない。下を見たら、またきりがない」

俊平が、飄々《ひょうひょう》とした口ぶりで言った。

それを、一柳頼邦も苦笑いしてうなずいている。

「柳生殿はたくましい。それでこそ桑名藩《くわなはん》の十一男が、柳生藩主にして将軍家剣術指《し》南役《なんやく》まで昇りつめたゆえんであろう」

「なんの、それを言うなら上様よ。紀州家《きしゅうけ》の四男坊であられたが、今や八代将軍様だ」

貫長が言う。

「人の世はさまざまよ」

俊平もうなずいて、

「太平の世の大名は、いちど落ちたら這《は》いあがれぬ。まずは、生き長らえることが肝要。そういえば、あの公方《くぼう》様こそ、したたかさを絵に描いたようなお方ではないか」

　頼邦がそう言った時、

「おお、ここにおられたか」

　大きな人影が三人の頭上を覆《おお》い、かん高い大声が轟《とどろ》きわたった。

　噂をすれば影、見あげれば、そのしたたかな公方様、このたび新たに三人の一万石同盟に加わった耳の人一倍大きな喜連川茂氏《きつれがわしげうじ》が、三人の前に仁王立《におうだ》ちしている。

　茂氏はなんとあの足利《あしかが》将軍末裔で、徳川幕府にあっては客人扱い、下野国《しもつけのくに》喜連川にわずか五千石の領地を有しているが、城内でははるかに高禄の大名から「公方様」、「御所殿《ごしょどの》」などと敬《うやま》い奉《たてまつ》られている。

　足利幕府など、とうに滅んで影もかたちもないのだが、元将軍家の血筋は活《い》きていて、城内三百諸侯の間でしっかりと己の立場を貫いているのである。

　この茂氏、なかなかの模範的藩主で、領地領民への気配りは怠《おこた》らず、その暮らしぶりはいたって地味ながら、どこかおおらかで余裕さえうかがえる。

　途方もない力持ち。小金牧《こがねまき》の鹿狩りの折、手負いの巨大な猪《いのしし》を一矢で射止めてから武勇を尊ぶ吉宗から豪の者よと絶大な信任を得ている。

「おいおい、そなたの殿席《でんせき》はここではないぞ」

その非の打ち所のない茂氏の藩主ぶりがどうにもいまいましくてしかたない立花貫長が、憮然《ぶぜん》とした口ぶりでそう言い、茂氏を見かえした。

一万石同盟に加えてくれと懇願《こんがん》する茂氏を最後まで退けて抵抗し、冷やかに処遇《しょぐう》してきたのはこの貫長で、このところようやくうちとけてきたとはいうものの、今もどこか冷やかな目をこの巨人に向けているのである。

「私は、どうも柳《やなぎ》の間《ま》が好きになれぬ。列席する諸侯は御所様、公方様などと追従《ついしょう》してくるか、しょせんは五千石の小大名が要領よく柳の間に紛《まぎ》れ込んでいると嘲《あざけ》るかのどちらかで、友もなく、いつも淋しい思いをしておった。お三方とご一緒であれば心は和《なご》み、話がはずむ。どうかそう言わず、ここに置いてくだされ」

そう言う茂氏の話しぶりは、地声が大きいため周囲に筒抜けで、うるさがる者、同情を寄せる者と、さまざまである。

「だがここは、公方様の来るようなところではない。ご覧あれ、この饅頭。この透けるように薄い茶。菊の間は、すべてにおいて柳の間とは処遇が違う」

立花貫長が、またふてくされたように言った。

「さようか、それはあいすまぬ」

茂氏はふとうつむいてから懐中を探り、懐紙《かいし》に包んだなにやら柔らかいものを取り出した。

「大変失礼とは存ずるが、これは家臣への土産《みやげ》と思い、取っておいたもの。皆様もいかがでござろう」

茂氏は包みを解いて、なかから生菓子風の上菓子を三つ取り出し、三人にすすめた。

白い餅《もち》の上に大納言小豆《だいなごんあずき》を乗せた三角形の菓子で、見るからにみずみずしい。

「しかしの……」

貫長はそれに流し目を送りつつも、口をへの字に曲げ、憮然として顔を背《そむ》けた。

「どれどれ、これは美味《うま》そうな」

俊平がにやにやしながら手を伸ばし、その一つをパクリと口に放り込む。

「これは、たしかに美味い菓子だ。なにやら昔、菓子の外郎《ういろう》でこのようなかたちのものを食べたことがある。それにしても、さすがに柳の間はちがうの」

「まことか」

ちらと俊平を見かえし、一柳頼邦も遅れじとひとつ口に入れた。

「いや、これはなんとも口当たりのよい上品な菓子だの。このような菓子は、生まれてこのかた食うたことがない」

しきりに感心して頼邦が言うと、さすがに好奇心にかられた周囲の大名が振りかえった。

控の間の格のちがいをあらためて知らされた思いで、あちこちから吐息が漏れる。

「なに、菓子くらい。己の甲斐性《かいしょう》で買えばよいのだ。たかが茶菓子ひとつで、さもしいかぎりよ」

貫長が憮然と言い捨てると、

「なに、貫長どの。これも世の仕組を知るよい機会ではないか。控の間の格のちがい、口に入れてみねばわからぬぞ」

俊平がそう言うと、貫長はようやく自分なりに納得したのか、

「されば――」

と残ったひとつを口に放り入れると、一瞬うっと息を詰まらせ、押し黙った。

「どうなのだ」

一柳頼邦が、上目づかいに立花貫長をのぞき込んだ。

「美味い！」

周囲の大名の間から、どっと笑い声が起こった。

「そうか。やはり美味いか」

俊平が、からかうように言った。

「美味い、美味い。これなれば、いくらでも口に入る」

貫長が、唸るようにこたえ、すぐにまた渋面に戻った。

「すみませぬな。私ひとりが、このような美味い菓子を馳走《ちそう》になっておる」

茂氏が悲しそうな口調で言った。

「まあ、よいではないか。おぬしは公方様、柳の間詰めのご太守《たいしゅ》様だ」

貫長が、投げやりな口調で言った。

「貫長どの、そうひがむな。されば、げん直しに今宵《こよい》あたり、どっと深川にくり出さぬか。美味いものなど、料理茶屋にはいくらでもある。幕府などにたからずとも、自腹で飲み食いすればよいのだ」

一柳頼邦が、肩をいからせる貫長の肩をたたいた。

「しかし、よいのか頼邦どの。おぬしの領国は、飢饉《ききん》の只中《ただなか》にあったのではないか。家臣、領民に済まぬので、なにごとも贅沢《ぜいたく》は控えると申しておったが」

「なに、よいのだ。私はすでに藩主としてできるかぎりのことはしている。陣屋の蔵の米も、すべて領民に分かち与えた。藩邸内では、芋《いも》ばかり食うておる。たまの息抜きでもせねば、とてもやっておれぬわ」

「はは、さよう、さよう。私も同様でござる」

公方様喜連川茂氏も、同意してうなずいた。

「息が詰まっているのは、我が藩も同様。藩邸では一汁一菜を通しておる。貫長殿、ぜひにも私を供に加えていただきたい」

茂氏がそう言えば、酒に目のない貫長のいかめしい顔がほころぶ。

「されば、決まりだ」

俊平が、ポンと白扇《はくせん》で掌をたたいた。

「よいのう、おのおの方は」

ついさっき話に割って入ってきた赤穂藩の森政房が、うらやましそうに四人を見かえした。

「あいにくだが一万石同盟は、禄高一万石以下の集《つど》いでの。森殿は二万石、残念ながらご遠慮願わねばならぬ」

一柳頼邦が面白そうに言えば、

「あいすみませぬな。私はわずか五千石だが……」

公方様は、貫長と頼邦にともに頭を下げた。といっても、さほど悪びれたようすはない。

「まこと、公方様はおおらかなお人柄ながら、それでいて気ばたらきも欠かさぬ。それが、御家を守り、栄えさせる秘訣と見た」

俊平は、そう言ってうなずき茂氏を褒《ほ》めたたえた。

赤穂藩森政房も、微笑《ほほえ》みながら茂氏を見ている。

「されば、我らは、二万石同士で同盟をつくろうかの」

森政房がボソッと独白して回りを見まわしたが、反応はない。

「二万石ともなれば、軽はずみなことはできまい。そこへいくと、一万石は気楽なものよ」

一柳頼邦も、鼠のような小さな鼻の穴を膨《ふく》らませて笑った。

「されば、いざ深川の蓬莱《ほうらい》の国へ。そこには、不老長寿《ふろうちょうじゅ》の妙薬があるという」

茂氏が軽口をたたいた。

「それぞれ、いったん藩邸に戻り、装束改めて集《つど》うといたそう。供は一人までに限ること」

俊平が、四人に向かって念を押せば、

「あい、わかった」

「されば」

「よし、いくぞ」

三人がそれぞれ互いに顔を見あわせ、嬉しそうにうなずいてみせた。

二

深川永代寺門前仲町《えいたいじもんぜんなかちょう》の料理茶屋〈蓬萊屋〉は、界隈《かいわい》きっての大店《おおだな》で、通りから目につく大提灯《おおぢょうちん》に惹《ひ》かれて、ふところの暖かそうな商人や大身《たいしん》の武士など、粋筋《いきすじ》の客がつぎつぎに格子戸を開けて店に入っていく。

なかからは、男まさりの辰巳芸者《たつみげいしゃ》の嬌声《きょうせい》や客の高笑いが風に乗り、大きなうねりとなって店の外まで聴こえてくるのであった。

三人の一万石大名と、たった五千石と大名未満の公方様喜連川茂氏も、示しあわせたように同じ頃、供一人をひき連れ、番頭に大小を預けて、店の奥にすすんでいった。

すっかり馴染《なじ》みの客となっている四人だけに、女将《おかみ》の歓迎を受けてそのまま離れに向かう。

十畳あまりの部屋に入れば、小女《こおんな》が注文を取り、すぐに外に出ていった。

四人がそれぞれ思い思いに床の間《とこのま》を背にして腰を下ろせば、俊平の隣に座った一柳頼邦が、すぐにひとつ咳払いをして、

「じつはな、皆様方にお報せせねばならぬことがある」

と、あらたまった口調で言い、みなを見まわした。

そのあらたまり方が、妙に生真面目《きまじめ》だったので、

「なんだ、頼邦どの、そのようにかしこまって」

立花貫長が、茶化《ちゃか》すように訊《たず》ねた。

「じつは、お名残《なごり》惜しいのだが、こたび参勤交代《さんきんこうたい》となってな。八月に国表《くにおもて》に帰る」

「なんだと」

貫長が、驚いて頼邦を見かえした。

「いやな。このところ飢饉がつづき、藩上屋敷の金蔵も底が見えるほどで、参勤の費用もままならぬゆえ、幕府に願い出て猶予《ゆうよ》してもらっていた」

「そうであったな」

貫長も、その話はすでに聞いている。

西国諸藩は何処《どこ》も凶作。飢饉に悩み、幕府の配慮で参勤を免除してもらっている藩も多い。頼邦は飢饉が勃発《ぼっぱつ》していた時、江戸詰めであったため、参勤の費用もままならず、江戸に足止めになっていた。

「だが、ようやく飢饉も収まってきた。もはや、猶予はならぬそうじゃ」

「そうか、それは残念だな。八月といえば、もうさほどないではないか。準備が大変でござろう」

喜連川茂氏が、同情の言葉を頼邦に向けた。

茂氏の喜連川藩五千石は、足利将軍家に連なる名家ゆえの客分扱いで、参勤交代はない。江戸に出府するしないは自由だが、このところ江戸が気に入ったか、茂氏はずっと江戸に留まっている。

「そうか、しばらく会えぬようになるの。その鼠のような小顔も、見られぬようになると思えば、いささか名残惜しい。いちど、みなを招いて盛大に送別の宴を催さねばならぬな」

なにごとも大仰《おおぎょう》な貫長は、膝をたたいて残念がった。

「せっかくの一万石同盟も鼎《かなえ》のひとつが欠ければ、同盟そのものが崩れてしまうようで寂しい」

俊平も、名残惜しそうに言う。

「よいではないか、さいわいこたび茂氏殿が加わった。これからは茂氏殿を代わりの脚と思い、盛大に盛り立ててやってくれ」

頼邦がみなを慰めて言う。

「頼邦殿はあいかわらずおやさしい。ただ、茂氏殿は構えが大きすぎ、こけてしまいそうな気もするが」

貫長が、茂氏の巨漢を微笑みながら見かえして言う。

「まこと、まこと」

頼邦も、面白そうに茂氏をひやかした。

「ところでそうなると、伊茶《いさ》殿も一緒に帰られるのか」

貫長が訊ねた。

「いや、伊茶は残ると言っている。藩には剣術修行の名目で江戸に出て来ておるので同行する必要はない」

「そうか」

俊平は黙っている。

「だが、わしはそろそろ国表に連れて帰ろうとも思うての」

貫長が、ちらと俊平を見た。

「なぜだ」

貫長が訊ねた。

「いやな……」

頼邦は、またちらと俊平を見やってから、

「なんとも不憫《ふびん》でならぬのだ」

「不憫……」

貫長は、そこまで言って口籠《くちご》もった。

俊平もその意味がわかっている。

だが、押し黙っていた。

「どうなのだ。俊平どの。おぬし、継室《けいしつ》はもらわぬつもりか」

貫長が、俊平の横顔をうかがい、遠慮がちに訊ねた。

「う、うむ……」

俊平は頼邦を見かえし、面《おもて》を伏せた。

「これこれ、貫長殿。俊平殿のお気持ちもあろう。あまり立ち入ったことを訊ねてはいかん。俊平殿はお困りであろう」

言い出した頼邦が、そう言って俊平をうかがった。

「じつはの、頼邦殿。伊茶どのには、あいすまぬ気持ちでいっぱいなのだ」

なにも言わぬわけにはいかず、俊平が重い口を開いた。

「ようは知らぬが、幕府によって強引に別れさせられた前のご正室のことが忘れられぬのであろう。それは無理もない」

貫長が、俊平に同情するように言った。

俊平は久松松平家定重《ひさまつまつだいらけさだしげ》の十一男として生まれ、部屋住み侍のまま豊後臼杵藩主稲葉恒通《ばつねみち》の娘阿久里《あぐり》を娶《めと》ったが、柳生藩一万石に養嗣子《ようしし》として入る際、幕府の指示により無理やり離別させられている。

「いちど阿久里殿をお見かけしたことがあるが、麗《うるわ》しき奥方であった」

貫長は、元大奥のお局《つぼね》方が身を寄せあい、習い覚えた手習い事で身を立てているその館に訪ねていき、吉野《よしの》について三味線《しゃみせん》を始めた阿久里と出会っている。

「妙なことに伊茶どのは、阿久里と昵懇《じっこん》になっているのだ」

俊平が、苦笑いして言った。

「それにしても、幕府はなんとも酷《むご》いことをしたものじゃな。上様がなされたか」

喜連川茂氏が、俊平を外して貫長に訊いた。

「いや、上様はご存じではなかったようだ。御側御用取次《おそばごようとりつぎ》の有馬氏倫《ありまうじのり》が強引に話をすすめたものらしい」

一柳頼邦が、いまいましげにそう言った。

「まあ、その話はそれくらいに」

「いましばし、時が必要ということかもしれぬが……」

頼邦も残念そうに言う。

俊平は、手をあげてこれを制した。

「頼邦どの、どうか姫を国表にお連れくだされ。私とは離れておられたほうがよい。私のことをいつまで待っておられても、よい縁談の機会を失うばかりだ」

「じつは、幕府から内々に話がきておるのだが、姫が頑《かたく》なに拒《こば》んでおる。いつまでも、幕府の意向に逆らうわけにもいかぬのだが」

「さようであろう」

茂氏も、ふむふむと同意する。

「気苦労が絶えぬよ」

頼邦はそう言ってから、

「ちと、話がじめじめしたようだ。さあ、賑《にぎ》やかにやろう」

一同を見まわして声を高めると、ちょうど廊下に足音があり、やがて襖《ふすま》が左右に開いて、紋付黒羽二重《もんつきくろはぶたえ》の辰巳芸者が、どっと顔を見せた。

三味方《しゃみかた》や太鼓《たいこ》方も入って総勢七名――。

俊平には梅次《うめじ》が、貫長には二三《ふみ》が、頼邦には染太郎《そめたろう》が、そして茂氏には、まだ歳若い音吉《おときち》がつく。

貫長も頼邦も、この二人がお目当てである。

「いやいやそれにしても、さきほど茂氏殿から頂戴した菓子は美味であったな」

一柳頼邦が、他愛ない話に振って、座を明るくした。

女たちが、何の話かと面白そうに三人をうかがった。

「たしかに、上菓子はうまい」

柳生俊平が言う。

「上菓子とはなんだ」

頼邦が、首をかしげて俊平に問うた。

「これだから、田舎者は困る。のう」

立花貫長が、梅次に向かって笑いかけると、

「おぬしとて、田舎者であろう」

口を尖《とが》らせて、頼邦が言いかえす。

「まあ、まあ」

俊平が笑いながら、二人の間に入って頼邦をなだめた。

「おぬし、知らぬのか。江戸では、上等な生菓子を上菓子という」

立花貫長が、呆《あき》れ顔で頼邦を見かえした。

「たしかに、江戸にも京に負けないお菓子がございますよ」

梅次がそう言って、ねえ、と音吉と顔を見あわせた。

「それより、茂氏殿の柳の間だ。いつもあのような菓子が出るのか」

音吉といちゃつきはじめた茂氏に俊平が問いかけた。

「さよう。今日のあの菓子がことに美味いと思うたわけではないので、そういうことになろうかの」

茂氏は、上《うわ》の空である。

「そういえば……」

俊平の隣に座った梅次が、ふとなにかを思い出して手をたたいた。

「うちの女将さんが、将軍家に納める菓子司《かしつかさ》の〈長門《ながと》〉の菓子を買ってきたので、常連のお客さまにお出ししなさいって言われていたっけね。まだたしか、二折り残っていた」

「ほう、それは上菓子か」

頼邦が期待して問いかけた。

「はいはい、上菓子でございますよ。〈長門〉はお城にも納めているそうでございます」

そう言って、梅次が菓子をとってくるよう音吉に目で指図した。

やがて音吉が盆に載せて持ってきたのは、淹《い》れたての茶と菓子折りに入った〈久壽《くず》餅《もち》〉なる菓子である。

「これ、蕨《わらび》の粉でつくっているんで、どちらかといえば蕨餅なんだけど、なんだか知らないけど久壽餅っていうの。よろしかったら」

梅次が、菓子折りを開いて、菓子を懐紙に載せ、楊枝《ようじ》とともに四人の膝元にすすめた。

上菓子と聞いて、頼邦がすぐに手を出す。

「ううむ、これは美味いの。将軍家に献上する菓子とは、これほどにも美味いものなのか」

頼邦は、口を開けたまま溜息まじりに梅次を見かえした。

「公方殿、このような菓子を当たり前のように食うておるのなら、そなたの国表でもさぞや美味い菓子を食べておるのだろうの」

また、呆れかえって貫長が言う。

「なに喜連川は下野《しもつけ》の山のなかでござる。ろくな菓子などがあろうはずもない。いや、これはまことに美味い」

茂氏はそう言ったきり、久壽餅を黙々と口に運んでいる。

「さすがは公方様、山奥のご出身だが、雅《みやび》な菓子はおわかりになるのだな」

俊平が、にやにやしながら茂氏を見かえした。

「こうなると、薄茶でいただきたいものだが」

俊平が、にやりと笑ってそう言い梅次を見かえすと、

「まあ、俊平さまったら、そのようなご無理をおっしゃっても、ここは深川でございますよ。お茶会のような真似はできません」

梅次が、俊平の肩に手を添えて言う。

「俊平殿、柳生藩では、藩邸でたびたび茶会を催しておるのか」

頼邦が、意外そうに俊平を見かえした。

「いや、たまにだ」

「そういえば、おぬしは部屋住みの折には、茶花鼓《ちゃかぽん》の達人であったという。わしなど、まこと引け目を感じるわ」

貫長は、しゅんとなってまた菓子をつまんだ。

「貫長殿、わしらと比べても、仕方あるまい。俊平殿は久松松平家のご出身、御家門大名家の出だ。部屋住みといっても茶花鼓に明け暮れていたのだ。柳生家に持参した茶道具も、さぞや立派なものがあったのであろう」

頼邦が、うらやましそうに俊平を見かえした。

「なに、私は身ひとつで柳生家に養嗣子に入った。柳生家は禄高一万石、分相応に暮らさねばならぬと、父定重に諭《さと》されてきた。よい茶道具があるのは、やはり茂氏殿のところであろう」

俊平が、飄々と久壽餅を平らげる茂氏をうかがった。

「それは、そうであろう、なにせ、足利将軍家のご縁者なのだ。家宝に名のある茶釜《ちゃがま》のひとつでもありそうだな」

貫長が、茂氏を見かえした。

「茂氏殿、今日はぜひ喜連川家の家宝をご披露《ひろう》願いたい」

頼邦が、剽《ひょう》げた口ぶりで促した。

「はて、家宝と申してもの。そも喜連川家は、足利将軍家の直系ではない。それに、零落《れいらく》した折にあらかた処分してしもうた。大した物は残っておらぬよ」

「そうは、申されても、のう」

頼邦が、隣の染太郎と目を見あわせて茂氏を促した。

「さて、あるとすれば、太閤殿下《たいこうでんか》から贈られた茶道具には佳《よ》いものがあった。あれは大切にしておる」

「太閤殿下とは、もしやあの豊臣秀吉《とよとみひでよし》でござるか」

「もとよりのこと」

茂氏は、他に誰がおろうと、怪訝《けげん》そうに頼邦を見かえした。

「茂氏殿のところはやはり別格よの。かの千成瓢箪《せんなりびょうたん》の太閤秀吉か。で、その道具には、どのようなものがござるか」

貫長が大きな体を傾けて問いかけた。

「ことに大切にしているのは〈彦三郎《ひこさぶろう》の茶壺《ちゃつぼ》〉と申しての。あれは、たしかに味わいのあるよい茶壺じゃ」

「彦三郎の茶壺……。あまり聞かぬ名だの」

「なんでも、美濃《みの》の陶工《とうこう》が朝鮮《ちょうせん》に渡って後、肥前名護屋《ひぜんなごや》の陣にもどって土器を焼いていたところ、名護屋城に在陣の秀吉の目に止まり、いたく気に入られての。御朱印状《ごしゅいんじょう》を賜《たまわ》り、新たに家長《いえなが》という名を与えられて、春秋にできた作品を献上することを命ぜられた。その献上品のひとつが、その茶壺という」

「茂氏殿、それは、どのような作風なのだ」

　俊平が、食べかけの久壽餅を皿にもどし、真顔になって問いかけた。

　暇なだけがとりえの部屋住み時代が長かっただけに、俊平は茶器や焼き物の類《たぐい》には目が肥えている。

「それはな。陶器ではなく、土器に区分される珍しい焼き物でな。土質が脆《もろ》いため、すぐに崩れてしまい、なかなか後に残っておらぬ」

「どうやって作るのだ」

　貫長が訊いた。

「素焼きの器を煙で燻《いぶ》す。火には強いので、風炉《ふろ》や手炙《てあぶ》りなどがよく焼かれるそうな。当家が大事にしておるのは、茶壺など茶道具数点だ」

「ほう、それはなかなか面白そうだな」

　俊平は目を輝かせた。

「さようか」

　茂氏はふと考えてから、

「されば、一万石同盟に加えていただいたお返しとして、その茶道具一式、皆様にご披露することにいたそうか」

「それはよいの。目の保養になろう」

貫長が、嬉しそうに目を輝かせた。

「まあ、うれしい」

「ぜひ、見たいものでございます」

染太郎と梅次も嬌声をあげる。

「ところで、頼邦殿、そなたのところには名物らしき物はなにもないのか」

茂氏が、冷やかな眼差しを向けた。

「生憎《あいにく》だ。ひとつ備前焼《びぜんやき》の茶碗で佳い物があったが、割れてしまった」

「されば、貫長殿」

「わしか。わしのところもない」

貫長は、悪びれずに応じた。

「しかしながら、筑後三池藩の周辺は佳き陶器を産する土地と聞きおよびますぞ。焼き物はいかがじゃ」

茂氏が、さらに貫長にたたみかけた。

「我が藩は一万石。だが、本家なら……」

「ほう、柳河藩にはどういうものがある」

今度は、俊平が目を輝かせた。

「藩の御用窯《ごようがま》があっての。幕府にも献上している品がある」

「それは、面白そうだの」

頼邦が貫長を見かえした。

「だが、御用窯だけにあまり知られたくはない……」

貫長の口ぶりが急に重くなった。

「ではあろうが、この場だけの座興としてぜひ聞かせてくれぬか。けっして他言はいたさぬ」

頼邦が、膝をにじらせ、貫長に迫った。

「しかたない。話すといたそうか。だが、くれぐれも内密にの」

俊平と頼邦と、茂氏の三人がうなずく。

貫長は、さらに念を押すように女たちを見まわすと、

「大丈夫でございますよ。うちの女の子はみんな口が固いので有名。おまかせくださいな。ねえ」

梅次が、三人の芸子をそれぞれに見かえして胸をたたいた。

「富岡八幡《とみおかはちまん》様に誓って」

「あたしは、深川不動《ふかがわふどう》さま」

染太郎と二三が言った。

「されば、申そう。〈蒲池焼《かまちやき》〉と申しての。それは佳い物だ」

「〈蒲池焼〉か。あまり聞かぬの」

頼邦が、記憶を辿《たど》るようにして首をひねった。

「それは、そうだ。藩が名を伏せている」

貫長が憮然と言う。

「どのような作風の焼き物なのだ」

俊平が訊ねた。

「これも、土器に分類される珍しい焼き物でな。器の質が脆いために、もろく壊れやすい。素焼きの器に、煙でいぶした黒い斑紋《はんもん》がついている」

「なにやら、作風が我が彦三郎の茶壺とよく似ているようだが、おおいに興味がある焼き物だ」

茂氏が目を輝かせた。

「まこと、話に聞けば、よく似ておる。土器であるところ、煙でいぶすところ、そっくりではないか」

俊平と一柳頼邦も、顔を見あわせてうなずいた。

廊下で大勢の店の女たちの声があって襖が開き、酒膳が運ばれてくる。

料理は魚ぞうめん、沢煮碗《さわにわん》、ぶり大根など江戸前の魚類をふんだんに使ったものが並ぶ。

「板さんが、腕をふるったものです。まずは召しあがってみてくださいな」

梅次が、みなに勧める。

「うむ、旨《うま》い」

俊平が箸《はし》を付け、大きくうなずくと、みながどれどれと料理に向かう。

「さ、お酒は喜連川さまのところの〈酔月《すいげつ》〉」

女たちの酌《しゃく》で、それぞれが盃を傾けはじめる。

「さて、口外のできぬ家宝といえば、俊平殿。おぬしだ」

酒の入った頼邦が、浮わついた口調で言った。

「柳生家には、決して他言の許されぬ天下の名物があると聞いておるが、どうなのだ」

「頼邦殿はいささか妙なことを言われるの。江戸を去りがたい思いで、いささか混乱しておられるようだ。柳生家にはさしたる名物はない」

俊平は、困ったように頼邦を見かえした。

「そう隠すところが、かえって怪しい」

頼邦がすかさず応じた。

「なんだ、それは」

貫長が、頼邦を怪訝そうに見かえした。

「平蜘蛛《ひらぐも》の茶釜のことだ。私は聞いておるぞ……」

頼邦が、不服そうなまなざしで俊平を探った。

「はて、なんのことやら、さっぱりわからぬな」

俊平は、あきれたように頼邦を見かえした。

「そう返されるとは思っていたが、やはりの」

頼邦がもういちど俊平を見かえし、指を立てて蜻蛉《とんぼ》でも捕《と》るようにくるくると回した。

「なにが、やはりだ。頼邦殿」

俊平が、にがりきって頼邦の鼠のような小顔をのぞいた。

「いやな、私はさるところで妙な話を聞いたのだ」

「さるところ、それは何処《どこ》だ……？」

「なに、さるところだ。大したところではない。まあ、さる小さな料理茶屋で聞いた話だ」

「まあ、頼邦さま。うちの他にもあちこちいらっしゃるんですねえ」

染太郎が、頼邦の細腕をつねった。

「これ、痛いではないか」

頼邦は、腕をさすりながら、

「なに、出入りのさる商人に誘われての」

と言って、頼邦が、残った盃の酒を飲み干し、やおらその時の話を語りはじめた。

「その商人に、わしの友人に柳生殿がおると話すと、柳生家には松永弾正《まつながだんじょう》の平蜘蛛の茶釜があるはずだ、と耳打ちしてくれたのだ」

「平蜘蛛の茶釜のう。真《まこと》とも思えぬが」

貫長と茂氏が、顔を見あわせて膝を乗り出した。

平蜘蛛の茶釜、正式の名称を「古天明《こてんみょう》平蜘蛛」と言う。

蜘蛛が這いつくばるようなかたちの風変わりな鉄製の茶釜で、その姿はきわめて流《りゅう》麗《れい》、天下人も目前《もくぜん》の織田信長《おだのぶなが》が、咽《のど》から手が出るほど欲しがった物だが、その持ち主松永弾正久秀《ひさひで》は決して譲らず、釜とともに爆死したことでその名は高まった。

この話は、将軍足利義輝《よしてる》を殺害し、東大寺《とうだいじ》を炎上させた悪逆非道《あくぎゃくひどう》の行為をもって戦国の梟雄《きょうゆう》の異名をとった弾正久秀の強い人物像とその茶釜の蜘蛛の姿が重なり合い、今や伝説上の名物となっている。

「だが、弾正とともに信貴山城《しぎさんじょう》の露《つゆ》と消えた茶釜は、じつは偽物だったそうな」

と、その商人は頼邦に告げたという。

「その商人とて、昵懇《じっこん》とするさる大身の旗本から聞いた話で、真相のほどはさだかではないが」

頼邦はそう前置きしてから、盃を摑《つか》んだまま聞いた話を思い出しながら、さらに語りつづけた。

その商人によれば、この話はいつわりで、弾正は爆死する前、茶釜を友人である柳生七郎左衛門重厳《しちろうざえもんしげよし》に贈っていたという。

この人物は柳生新陰流開祖《しんかげりゅうかいそ》柳生宗厳《むねよし》(石舟斎《せきしゅうさい》)の叔父で、頭を丸め、貞蓮法師《じょうれんほうし》と名乗り柳生の庄の南東一里ほどの地に庵《いおり》をむすんで暮らしていたという。茶人としては、松吟庵《しょうぎんあん》と号していたともいう。

「それは初耳だな。藩主の私はまったく聞いたことのない話だ」

俊平は、正直なところを明かし、後ろ首を撫でた。

そもそも、俊平は養嗣子として越後高田藩《えちごたかだはん》を治める久松松平家から柳生家に入った身であり、柳生家にまつわる古い話は知るよしもない。

「だが、家臣からなにか伝えられておらぬのか、俊平殿」

頼邦が、さらに俊平に問いかけた。

「いや、そのような話、聞いたこともない。たとえそのような物があったところで、余所者《よそもの》の私には話をしてくれまい」

「そうであろうの。そも、そうした話はいささか誇張が多い。眉に唾《つば》つけて聞いたほうがよいぞ。まともに受けると馬鹿をみる」

貫長が、頼邦の肩をたたいて諭すように言う。

「そうかの。まことであれば面白いのだが……」

頼邦は、残念そうに頭をかしげた。

「しかし、それはまんざら嘘とも思えぬ」

茂氏が、俊平と貫長を見かえし話に割って入った。

「その茶釜の話、私も何処かで聞いたような気がするのだが」

「茂氏殿、どこで聞いたのだ」

貫長が訊ねた。

「あれは、他ならぬ上様であった」

「上様から……？」

俊平が、真顔になって茂氏を見かえした。

意外な話である。俊平はこれまで、八代将軍吉宗とは、剣術指南役として幾度となく竹刀《しない》をまじえ、近頃は将棋仇《しょうぎがたき》としても親しく接していたが、そのような話題を向けられたことはいちどもない。

「だが、なぜそのような話を上様と」

「いや、これにはちとわけがありましてな。我が領地に近い下野国佐《さ》野庄《のしょう》天明《てんみょう》という、室町《むろまち》の頃より徳川幕府の初めまでつづいた湯釜の産地がありましてな。そこで鋳造されたものを天明釜と申しまする。厚焼きにて侘《わ》びた味わいの茶の湯釜でな。安土《あづち》桃山《ももやま》以前のものは、古天明釜と称する。粒の荒い砂を鋳型《いがた》に打ち重ねた荒々しいもので、独特の侘びた趣《おもむき》がありまする。上様に茶をいただいた折、この下野国の茶釜に話がおよび、古天明の茶釜中随一の名物平蜘蛛の茶釜に話がすすんだのでございますよ」

「なるほど、下野国の古天明釜でござるか――」

一柳頼邦がおうむがえしに言った。

「私の持つ茶釜が、噂に高い松永弾正の平蜘蛛の茶釜そっくりの姿かたちでしてな、あるいはこの佐野の古天明釜のひとつが、畿内《きない》に渡って茶人の間で名声を得たのではないかとも思われる」

すっかり話に引き込まれていた俊平が、あらためて茂氏を見かえした。

「………」

貫長も盃を持ったまま、茂氏を見かえしている。

焼き物を多数産する筑後国出身だけに、貫長も茶器にはなみなみならぬ関心があるらしい。

「その古天明の平蜘蛛の茶釜が、柳生家にあるという話、それで上様の話はどうつながるのだ」

貫長が訊いた。

「上様のお話では、なんでも徳川宗家にも、平蜘蛛の茶釜について記録が残っているそうなのでござるよ」

「それは、さきほどの話とは別の話ですか」

俊平が茂氏に問うた。

「おそらく、出は同じであろう」

「それは初耳」

「三代将軍家光《いえみつ》公がある日、禅僧の沢庵《たくあん》和尚《おしょう》から、江戸柳生の開祖柳生宗矩《むねのり》殿のもとに松永弾正の平蜘蛛の茶釜が残っていると知らされ、御下問があった記録だそうです」

「やはりな」

頼邦が我が意を得たりとうなずいた。

「まあ、面白いお話。ひょっとして知らぬは俊平さまばかりかも」

梅次が、女たちと目を見あわせた。

「たしかに、灯台《とうだい》もと暗しということもある。俊平殿、これは、一度調べてみられたほうがよい」

茂氏も、真顔になって俊平を促した。

「ひょっとしてその折、上様は平蜘蛛の茶釜をご所望であったのか」

貫長が、真顔になって茂氏に問いかけた。

「はて、そこまでのお気持ちはないと存ずるが」

茂氏が、俊平をうかがい見た。

「なに私にこだわりはない。上様のお望みとあらば、ぜひもない。献上する」

俊平が、あっさりと言ってのけた。

「そうは言うが、俊平殿。茶釜が出て来れば、柳生藩もおぬしも冷静さを失い、死守するようになるかもしれぬぞ。織田信長も松永久秀も狂うた」

頼邦と貫長が面白そうに言う。

「献上するか、それとも家宝として隠し通すか。それとも、俊平殿。上様に追い詰められて、茶釜とともに爆死なさるか」

茂氏までもが、面白そうに言う。

「これ。悪い冗談はよせ。もし万一当家にそのようなものが残っており、上様がご所望なら、なんの躊躇《ちゅうちょ》もない。差しあげる」

俊平が、苦笑いして盃の酒を飲み干した。

「で、どのようなごようすだったのだ。上様は関心を持っておられるごようすだったのか」

頼邦は、あくまで将軍吉宗が所望している話にしたいらしい。

「どうとも、わかりかねますな。ほんの一刻の茶飲み話にすぎませぬゆえ」

「それにしても上様は、家光公の頃の記録をどこでお読みになったのか。幕府にそのようなものが残っておるというのか」

貫長も訝《いぶか》しがった。

「とまれ、俊平殿。ぜひその茶釜お探しなされ。見つかれば、藩の大きな財産ともなりましょう」

茂氏もあらためて念押しをした。

「まこと、伝説の茶釜。この目で見てみたいものよ」

頼邦が染太郎に話しかければ、

「ほんとう。その茶釜でお茶を点《た》てられたら、もう思い残すことはありません」

染太郎がうっとりと目を閉じて言う。

「いやいや、夢物語よ。柳生家になど、あろうはずがない」

俊平はそう言って自身を納得させ、冷めてしまった汁碗を手に取った。

三

「このままぬるま湯のような暮らしに浸っておれば、わしはきっと駄目になってしまおう」

立花貫長の弟大樫段兵衛《おおがしだんべえ》が、俊平の前にどかりと座り込み、酒が入っているわけでもないのに、顔を紅潮させて膝をたたいた。

その日、段兵衛は道場でことのほか激しい気合を放ち、若い門弟を相手に荒稽古をしていたが、どこか心に焦りのようなものを宿しているように俊平は見ていた。

兄貫長ばかりを重んじた父に疎遠《そえん》にされたと思い込んだ段兵衛は、七歳の折に筑後三池藩を飛び出し諸国を流浪して、三年ほど前、俊平の説得もあり兄のもとにもどって柳生道場に通いはじめたが、虫の居どころが悪いのか、もの足りないのか、また武者修行の旅に出たいと言うのである。

道場での稽古を終え、着替えをすませて奥の藩主の間にもどってきた俊平を追うようにして付いてきた段兵衛は、いきなりそう言って俊平を驚かせたのであった。

「いったい、どうしたのだ。藪《やぶ》から棒《ぼう》に」

俊平は、心配そうに友となって久しい段兵衛をうかがった。

「修行は迷いの連続だ。それが、今の暮らしでは解決できぬ」

藩主立花貫長の弟でありながら、家を飛び出して剣の境地を追い求めて思うがままに生きてきた段兵衛にとっては、今の生活は杓子定規《しゃくしじょうぎ》で息が詰まるのかもしれない。

「だが、まずは落ち着け」

俊平は、なだめるようにそう言って、ひとまず小姓頭の森脇慎吾《もりわきしんご》に急ぎ茶を命じた。

「なに、とりたてて不満があるわけではないのだ。柳生新陰流は将軍家御家流、たしかに天下一の剣であろう。その柳生道場で、思うがまま蟇肌竹刀《ひきはだしない》を振るい、稽古に励むことができる。これ以上によい修行の場はないと思うておる」

「ならば、なにが不満だ」

「だがの、俊平。わしにはわしの剣の究《きわ》め方がある。旅を重ね、生死を分けるほどの荒々しい他流試合のなかで、わしは己の剣を磨いてきたのだ」

「道場の剣は、甘いか」

「いや、そうではない。ただ、今の立場はわしにはあまりに贅沢《ぜいたく》すぎるのだ」

「贅沢か……」

「いささか贅沢すぎて、気が緩《ゆる》む」

「それは困ったの」

俊平は段兵衛を見かえし、吐息を漏らした。

「どうか気を悪くせんでくれ。わしの性分には狼《おおかみ》のように敵を求めて、野山を駆けめぐるほうが合うているのだ。寝ぐらの長屋と道場を行き来する日々では、ついぬくぬくして過ごしてしまうのだ」

「しかし、段兵衛さま、それは甘えではございませぬか」

慎吾と入れ替わって部屋に入ってきた伊茶姫が、淹れた茶を二人に給しながら穏やかな口調で言った。

伊予小松藩主一柳頼邦の妹ながら、女だてらに剣術に興味を抱き、築地《つきじ》の浅見《あさみ》道場で一刀流《いっとうりゅう》を学んでいたが、俊平を付け狙う師範浅見平九郎《へいくろう》の陰湿な人柄に愛想をつかし、柳生新陰流に鞍替《くらが》えして日々柳生道場に通うようになっている。

「私は一刀流を学んだ後、一から柳生新陰流を学んでおります。日々気づくこと多く、剣の境地も日々新たにしております。段兵衛さまも、お心は同じであったはずでございましょう」

段兵衛もまた筑後三池藩に伝わる新陰治源流《しんかげじげん》を修めた後、江戸柳生を新たに学びはじめている。

男女の区別も忘れ、ともに剣の修行に明け暮れた剣友の言葉に、段兵衛は黙って耳を傾け小さくうなずいた。

「だがの、伊茶どの。人にはそれぞれの修行法がある。そなたはそれでよかろうが、わしはだめなのだ。暮らしに埋没してしまう己に苛立《いらだ》ちを覚えつつ、長屋と道場を行き来する暮らしが、日に日に疎《うと》ましくなっているのだ。毎日が同じ日々、己を鼓舞《こぶ》し、励まして稽古に励むこのやり方は、わしに合わぬようだ」

「ふうむ」

俊平も、渋面をつくりながら、小さくうなずいた。

思い当たるふしがないわけではない。

果てしない旅をつづけ、日々新たな敵を求め、身の引き締まる思いで剣を磨いていった剣豪は数知れない。

塚原卜伝《つかはらぼくでん》、上泉信綱《かみいずみのぶつな》、伊東一刀斎《いとういっとうさい》、そして新免武蔵《しんめんむさし》……、名だたる剣豪の多くが旅をした。

旅路のはてに路傍に朽《く》ち果てた剣客も多い。

そうした旅を求める剣客のため、諸国では多くの道場が、今そうした修行者を快く招き入れ、切磋琢磨《せっさたくま》する機会を設けている。またこうした仕組みに合わせて、腕に覚えのある藩士に金を与えて修行の旅に出させ、腕を磨かせている。

剣豪の時代は去ったが、剣の修行と旅は切っても切れない関係にあることは、今も昔も変わりはない。

「それと、これは大きな声では言えぬのだが……」

段兵衛はにわかに声を潜め、首をすくめて俊平と伊茶姫を見かえした。

「はて、妙春院殿どのが、どうかしたか」

伊茶は、クスクスと笑っている。

妙春院は、柳河藩主立花貞俶《さだよし》の妹で主《あるじ》に死別された出もどり姫だが、なかなかの男まさりで、藩政になにかと口を出すので、藩主貞俶が煙たがり、段兵衛と再婚させようとけしかけているフシがある。

「妙春院どのが、毎日のように長屋を訪ねてくるのだ」

段兵衛は、懐《ふところ》からくしゃくしゃの手拭いを取り出し、吹き出した汗をぬぐった。

「それは、知らなかったぞ」

俊平も、深刻な面持ちで段兵衛を見かえした。

「伯父上のお墨付《すみつ》きが出ている。私と添うまでは退かぬ気のようだ」

「よい話ではないか。妙春院どのはたくましい。なにより尽きせぬ生命力がある」

妙春院は藩の財政を立て直すため、柳河の花火の伝統を活かし、今は鍵屋《かぎや》の下請けを始めている。女ながらに花火屋の女主なのである。

「むしろ、おぬしはひたすら剣に打ち込んでおればよかろう」

「なにがよいものか」

段兵衛は、吐き捨てるように言った。

「あのような女丈夫《じよじようふ》を妻に迎えれば、わしなどは圧倒され、身を滅ぼそう。剣の修行どころではないわ」

「だがそれにしても……、妙春院どのは、おぬしにそれほどご執心か」

俊平は、不思議そうに伊茶を見かえした。

「あのお方は情が深いからの」

「たしかに、女人は修行のさまたげとなる」

俊平はふと思ったままを告げた。

伊茶がじっと俊平を見ている。

俊平は小さく首をすくめた。

「そうなのだ。長屋暮らしが落ち着かぬものとなっている。想い描いてもみよ。小袖《こそで》に打ち掛け姿の立派な花火屋の女将が、掃《は》き溜《だ》めのような裏長屋に訪ねてくるのだ。ひどく目立つ。長屋の女房衆が、にやにや笑って陰口をたたいておる」

「まあ、それは面白うございます」

伊茶が、ついにこらえきれずに両手で口を抑えて笑いはじめた。

「それにの。わしとて男だ。いささか薹《とう》が立ってはおるが、あのような熟しきった女

人が、六畳一間の長屋に訪ねてきて、かいがいしく飯を作り、洗い物をして帰ってい
く。おれとて妙な気分になる。それを抑えるのは地獄だ」
「それは、よくわかる。妙春院どのはまだまだ女盛りだ。まあ、旅をしたいというお
ぬしを止めるわけにもいかぬな。して、何処に行く」
「これまでは、ずっと奥州《おうしゅう》を巡ってきた。こたびは、西に向かいたい」
「西か……」
「畿内を経て、四国、九州と渡り歩きたい。西国には、未だ国のさまざまな流派が生
き残っておる。わしも筑後の生まれだけによく知っておる」
「そうか」
　俊平もうなずいた。
「肥後《ひご》には丸目蔵人《まるめくらんど》のタイ捨流《しゃりゅう》、薩摩《さつま》には示現流《じげんりゅう》があった、宮本《みやもと》武蔵の二天一流《にてんいちりゅう》も、
まだまだ肥後では勢いがあるという」
「そういえば、おぬしの筑後三池藩には、新陰治源流なるものが残っておったな。我
が柳生新陰流とて、大和《やまと》で畿内だ」
「そうでございますね。段兵衛さまにとっては、九州はむしろお里のようなところで
ございましょう。段兵衛さまの西国の旅、目に浮かぶようでございます」

伊茶の伊予小松藩は四国、西国の事情は詳しい。

「姫には、まこと励まされるの」

段兵衛は、嬉しそうに伊茶姫を見かえした。

「されば段兵衛さま。伊予小松の陣屋にもぜひお立ち寄りくださいませ。藩をあげて歓迎いたします」

「それは、ありがたい。のどかなよいところと聞く。ぜひとも訪ねてみたい」

段兵衛が、膝をたたいて喜んだ。

「柳生の里にも、立ち寄るとよい。そうだ、添え状を書こう。明日までに用意しておく」

「そうか、それはなんとも心強い」

伊茶と俊平を交互に見かえし、段兵衛は感きわまったように目頭《めがしら》を押さえた。

留められると思っていたところが、俊平にも伊茶姫にも理解が得られたことが嬉しいらしい。

「されば、思い立ったが吉日という。長屋にもどって、旅の支度を始めることといたす。妙春院どのは、今日は来ぬという。鬼の居ぬ間に、さっさと旅の支度をすませてしまおう」

「まあ、それでは妙春院さまがおかわいそう」

伊茶が、そう言って段兵衛を見かえすと、

「ま、そうかもしれぬがの」

段兵衛が、苦笑いしながら後ろ首を撫でた。

部屋を出ていく段兵衛を見送って、明かり障子が閉まったのを見とどけると、

「俊平さま……」

伊茶が俊平の膝元にすり寄ってきた。

「私も、段兵衛さまのように、どこかに修行の旅に出とうございます」

駄々《だだ》をこねるように言う。

このところ、伊茶に俊平への甘えが目立つようになってきたが、それも日々接し、近しい気持ちが強まっているのであろうと俊平は気にはとめていないが、今日は妙にそれが顕著《けんちょ》であった。

「はて、なにゆえに旅に出たいと申されるな。姫」

俊平は、うつむきかげんの伊茶の面をのぞいた。

「私は近頃、女を捨て、剣に生きようかと思うからでございます」

俊平に、当てつけるように言う。

「はて、そのようなこと、申されるものではない」

「それも、私の想うお方が、私を振り向いてくださらぬからでございます。私の気持ちを、お知りになりながら……」

「剣は、闘うためのものにて、男の持ちものです。女人が究めるものではない。女人の幸せは、夫に添い、子を育て、そうした満ちたりた日々のなかに幸せを見出すべき。女人が剣に生きることは、髪を落として尼になるより奇妙なこと」

「でも、俊平さまの申されるような暮らしは、わたくしには見果てぬ夢なのでございます」

伊茶は、じっと俊平を見つめている。

「私には、どうすることもできぬのだ」

俊平は伊茶を見かえして言った。

「俊平さまは、阿久里さまを忘れることができぬからとお察しいたします」

「そうかもしれぬ。いちど夫婦となった仲を、無理やり引き裂かれた私の心の痛みは、道場で蟇肌竹刀で打ちのめされたよりもはるかに痛い」

「まあ、そのような」

伊茶は、悲しげに俊平を見つめた。

「いずれ、私の心が癒《い》える日も来よう。その折には、あるいは伊茶どのをお迎えすることができるやもしれぬ。だが、それがいつの日になるのか私には見当がつかぬ。どうかよいご縁があれば、嫁《とつ》いでくだされ」

「よいのです。私は、いま剣のことのみ考え生きております。それで、じゅうぶん満ち足りた日々を送っております。あるいは、それがずっとつづくかもしれませぬが、それはそれで悲しくはありませぬ。剣の道は、それだけ力強く私を導いております」

伊茶は感極まったように言葉をつまらせ立ち上がると、俊平に会釈し、道場袴を翻《ひるがえ》して部屋を去っていった。

俊平は、重く吐息すると腕を組み、しばらくもの思いに耽《ふけ》っていたが、ふと壁際に用人梶本惣右衛門《かじもとそうえもん》の姿があることに気づいて、

「そち、いつからそこに来ておった」

「たった今のことにございます。なにやらご思案のごようすゆえ、じっとお待ちしておりました」

「これは油断しておった。将軍家剣術指南役のこの私が、そちがおることさえも気づ

かずにいた。これは、許されるものではないな」

俊平は、赤面し苦笑いを浮かべた。

「なんの。殿も生身。もの思いに我を忘れることもございましょう。また、これは殿がそれがしをそれだけ受け入れてくださっておられる証《あかし》でもあり、ありがたく思うて
おります」

「して惣右衛門、何用か――」

「その、伊茶さまが、なにやら暗いお顔で帰っていかれましたので、何かあったもの
かと心配になりました」

「何もない」

俊平は小さく首を振り、

「それより、惣右衛門。ちと気になることがあるのだが」

と身を乗り出し、年来の用人をうかがった。

「と、申されますと――」

「一柳頼邦殿が、妙な噂を聞いたと申されておった」

「噂、でございまするか……」

「茶釜だ。柳生家には、かの戦国の梟雄《きょうゆう》松永弾正久秀が、柳生石舟斎殿の叔父であ

られる七郎左衛門重厳殿に贈った、平蜘蛛の茶釜なる天下の名物があるというのだ。聞いてはおらぬか」

「松永弾正……、平蜘蛛の茶釜……、はて、それは初耳でございます。天下の名物である平蜘蛛の茶釜が、なにゆえ当家にあると申されるのでございましょうな」

惣右衛門は、考える時の癖で、扇《おうぎ》をパチパチと弾きながらつぶやいた。

「弾正は、織田信長に譲れと迫られる前に、すでに釜を七郎左衛門殿に贈っていたのだそうだ。その話、そちは信じられるか」

「にわかには、信じがとうございます。そも、そのような戦国の世の古い話、他にも多く残っておりまするが、いずれも根も葉もない戯《ざ》れ言《ごと》のように思われます。明智光《あけちみつ》秀《ひで》は山崎の合戦では討たれず、後に姿を変え、天海《てんかい》大僧上となった、豊臣秀頼《ひでより》公は大《おお》坂《さか》の陣で自刃《じじん》せず薩摩に落ち延びた等、たしかに話としては面白うございますが、眉に唾つけて聞くにかぎりまする」

惣右衛門は、俗説など歯牙《しが》にもかけぬと嘲笑《あざわら》うように言った。

「だがな、惣右衛門。私もそちも、久松松平家より移ってまいったいわば他所者だ。代々つづくそのような大切な御家の秘密であれば、けっして我らには知らせぬであろう。あるいは、ひょっとして、ひょっとすることもないとは言えまい」

「まあ、さようではございましょうが……」

惣右衛門は、もごもごと口籠もったが、その考えを覆《くつがえ》すつもりはなさそうである。

「この話を聞くにつけ、妙なのは沢庵和尚だ。三代将軍家光公に伝えた者が、宗矩殿と昵懇であった沢庵和尚というのがちと気になる。天下に名高い高僧が、根も葉もない話をして、家光公の関心を買うとも思えぬ」

「はて、それは、まあさようでございましょうが……」

惣右衛門はふと考え込んでから、また面をあげ、

「されば、国表に、そのことをいちど訊ねてみられるのもよろしうございましょうな」

ようやくかすかな疑念を浮かべて、俊平を促した。

「うむ。だが私はいわば借り物の藩主、柳生の庄の古老たちは、真《まこと》のことを返答してくれようか」

「しかし、されば調べようもございませぬな……」

惣右衛門が、また気のないもの言いをした。

「そうじゃ、惣右衛門、よい策があるぞ」

俊平は、ふと膝をたたいた。

「あ奴だ」

「はて、どなたでございます」

「段兵衛だ。さきほどまでここにおった。なにやら、武者修行の旅に出ると言ってきかぬ。妙春院どのに追いまわされ、逃げ出したいのが本音らしい」

「ほう、微笑《ほほえ》ましいお話でございます」

惣右衛門が苦笑いをして、相好《そうごう》を崩した。

「西に向かうと言っておったが、あ奴をしばらく柳生の庄に逗留《とうりゅう》させ、ようすを探らせることにいたそうと思う」

「しかし、気まぐれなお方、手を貸してくだされましょうか」

「なに、本家の大和柳生をとくと学べと諭してくれよう。さらに大和の陣屋には、三池藩の藩主の弟御が修行のため立ち寄られるので、くれぐれも粗相《そそう》のないようにと書状をしたためるとしよう」

俊平は、文机《ふづくえ》の切紙を手に取って、筆に墨を含ませた。

さらさらと書きしたためる俊平の筆先を見つめていた惣右衛門であったが、

「なにやら、話がこのように運んでいけば、本家には平蜘蛛の茶釜があるように思えてまいりましたな。これは、なにやら面白うなりまする。わくわくといたしてきましたぞ」

惣右衛門が妙に話に乗ってくるのを、俊平は怪訝に見かえした。

「あの茶釜は人を狂わすという。なにやら、惣右衛門までが人が変わったようになっておるわ」

俊平は、からからと笑ってから筆を置き、幼い日々からつき従う初老の用人の顔をしげしげと見つめた。

「殿も、さようでございますぞ。もし、上様に当家にあることが知られ、譲れと命ぜられましたら、けっして拒みなされますな。松永弾正の二の舞となりましょう」

「馬鹿を申すな。わずか一万石で徳川宗家と争って勝ち目があろうはずもない」

「まことでございますな。されば殿、妙な探索はやはりお止めになられまするか」

惣右衛門がにやにやしながら、前かがみになって話しかける。

「いや、乗りかかった船だ。とにかくここは便乗してみよう。天下の名器とかかわりが持てるかもしれぬ。わずか一万石大名にとって、このような機会、生涯に二度とは巡って来まい」

「はは、さようでございますな。なにやらこの私も、血が騒いで止まりませぬ」

惣右衛門はそう言ってから、白扇をパラリと開き、俊平と顔を見あわせて屈託なく笑った。

第二章　風狂《ふうきょう》大名

一

「これは、柳河藩に伝わる〈蒲池焼〉そのものではないか」

荒れた黒い地肌を見せる大ぶりな茶壺を抱えて、立花貫長が野太い声をあげた。

喜連川茂氏も、貫長を見かえし凍りついている。

深川の料理茶屋〈蓬莱屋〉で、俊平ら三人の一万石大名と公方様喜連川茂氏が、酒の勢いに乗って、それぞれの家宝を披露しあって五日ほど経って、茂氏のほうから、

——こたび、義兄弟の契りを結び、一万石同盟の末席に加えていただいたお礼に、ささやかながら茶会を開きたいと存ずる。場所はお局館。万障繰《ばんしょうく》り合わせてご出席いただきたい。

というくだけた感じで雁皮《がんぴ》の趣味のよい紙に綴《つづ》った招待状が、柳生藩邸に届けられた。

初夏の明るい陽光が朝から眩《まばゆ》かったその日の夕刻、木箱に納めた足利家に代々伝わる茶道具を、茂氏の側近が大事そうにお局館につぎつぎ運び込む。

茂氏の持参した茶道具は、室町の頃、茂氏の領地喜連川にほど近い下野国で流行《はや》っていた〈地下《じげ》の茶の湯〉に用いられた茶釜と茶器である。

取り出されたのは、黒々とした地肌の、底部が円盤状になった茶釜で、あたかも地を這う蜘蛛のように見える。茶壺は塗りのない素焼きの土器で、なんともいえぬ侘びた土色を漂わせて味がある。

その茶壺をひと目見て、お局館奥の十畳の間で、貫長がさきほど驚愕《きょうがく》の叫びをあげたのであった。

「それでは、当家の茶壺が貫長殿の言う蒲池焼と同じものと申されるのか」

茂氏が、驚きを抑えて貫長に訊ねた。

「目の錯覚かと思うたが、いや、そうではない。素焼きの器に煙で燻した黒い斑紋の残るこの焼き方は、そうあるものではない。〈蒲池焼〉と瓜二《うりふた》つだ」

「貫長どの。これはやはり、偶然の一致とは考えにくいぞ」

茂氏も同意見である。

「いまいちど確認する。この器の作者は彦三郎という美濃の陶工で、名護屋城の陣中で太閤殿下に認められ、御朱印状を頂戴したのであったな」

「さよう。そういえば、蒲池焼の祖も思いかえせば、そのような名であった。後に家長の姓を賜り、年に二度伏見城の太閤殿下に作品を献上したそうだ。柳川藩に伝わる伝承でも茂氏殿と同じことを言うておる」

「いやはや驚いた。太閤殿下からの賜り物である彦三郎の焼き物が、柳河の地にしっかり根づいていたとはの」

貫長は、まだ半信半疑の面持ちで、いぶしたように黒光りを発する茶壺をしげしげとながめている。

「さぞや、大事にされておられたのであろうな。器はとても脆いので破損しやすく、古いものはあまり残っていないと聞いたが」

「太閤殿下が下されたということで、我が先祖も破損しては一大事と、それこそ腫《は》れ物に触れるように大切に扱ってきた。それゆえ、今日までこれが残っているのであろう」

「まことに、すばらしいことでございます」

酒膳を並べはじめた女たちのなかで、茂氏に近い綾乃《あやの》が、手を休めて壺に見入った。

お局方を束ねてこの館を切り盛りしてきた歳かさの綾乃だけに、大奥御殿でも佳い茶道具を多数見てきたらしい。

「いずれも、逸品揃いでございます。これらが後に柳河藩の〈蒲池焼〉になっていくのでございますね」

綾乃によれば、蒲池焼きは今も幕府に献上されているという。

「綾乃どのはさすがにお目が高い。家長彦三郎の作品は、豊臣家滅亡の後は柳河藩主立花宗茂侯のお目に留まり、彦三郎は柳河藩土器司《どきつかさ》の役職を与えられ、蒲池村にて藩の御用窯でこれを焼きつづけていたという。後の伊万里焼《いまりやき》にも影響を与えたようだ」

貫長が得意気に言う。

「まあ、さようでございましたか」

となりで歳かさの常磐《ときわ》もうなずく。

さらにその隣で、雪乃《ゆきの》や三浦《みうら》も目を輝かせている。

「ところで茂氏どの。この茶釜もまた珍しい。ご当家に伝わるものか」

一柳頼邦が、目の前に据えられた茶釜に目をとめた。

身を低くし地を這うごとくに見えるその姿態は、伝説の名物平蜘蛛の茶釜のように見えなくもない。

「よもや、あの松永弾正の茶釜ではあるまいの」

立花貫長が、茂氏に笑いながら冗談半分に問いかけた。

「じつはよくそのように訊ねられるのだが、そのようなことはあろうはずもない。まるでちがう物だ。これは、下野国に伝わる〈地下の茶の湯の釜〉とのみ名づけられた茶釜でな。またの名を古天明釜とも言う」

「ああ、これが……」

俊平は目を輝かせた。

〈地下の茶の湯の釜〉という呼び名は聞いたことがないが、古天明なら先日茂氏から聞いている。

「地下とは、身分の低いという意味であってな。いわば名もなき民の茶釜との意味でござるよ」

「かの伝説の茶釜は、ぐつぐつと湯がたぎると白い湯気を吹き出し、あたかも平蜘蛛が毒気を吐いて周囲を威嚇《いかく》するようであったというが、この釜もそうなのであろうかの。早く湯が沸き立つ姿を見たいものだ」

「まことに」

一柳頼邦も、しだいに目の色が変わってきている。

風炉に火が入り、しだいに湯が煮立ってくる。

「おお、たしかに、白い湯気は吐き出しておるわ」

俊平も、顎をつまんで平蜘蛛に見入る。

「ひょっとして、ひょっとするかもの」

頼邦が有頂天《うちょうてん》になっている。

「俊平殿、これは」

「これは、やはり平蜘蛛の茶釜と同じ物かもしれませぬな。名物の由来は意外なところにあるのかもしれぬ。太閤秀吉の話で思い出したが、昔、泉州《せんしゅう》堺《さかい》の呂宋助左衛門《るそんすけざえもん》という者が太閤に、途方もなく高価な茶壺を売ったが、それは呂宋に行けばどこにもある侘びた日常品だったという。この間の茂氏殿のお話のように、平蜘蛛の茶釜も、この下野国の地下の湯釜が畿内に渡り、名を変えて名物平蜘蛛となったのではあるまいか」

俊平が言うと、茂氏も腕を組んで頷く。

「それにしても、この姿。なんともいえず味わいがあるものよの。たしかに蜘蛛が這いつくばっておる。なるほど奇態《きたい》にはちがいないが、どこから眺めても、流麗このうえない」

一柳頼邦もしきりに唸った。

「ご覧くだされ、ここにあるブツブツはあられと言うものでしてな。趣あるものですが、今は産しておらぬと聞いております」

茂氏が、大きな指で茶釜の腹の無数の小さな突起を指先で撫でた。

「それは残念。しかし、じつによい。つとに味わい深い」

立花貫長が、大きな声をあげて幾度も唸っていると、茶の湯の支度で遅れて現れた吉野《よしの》が、部屋に入ってくるなり、

「あ、これは……」

と声をあげ、ハッとして立ち尽くした。

「どうなさいました、吉野どの。はしたのうございますよ」

綾乃が、若い吉野を諭した。

「しかし、あたくしが勤めております水茶屋に、これと同じものがございます。驚きましてございます」

吉野が、ようやく我に返って言った。

「それは、どういうことだ、吉野」

吉野の唐突《とうとつ》すぎる話に、俊平が問いかえした。

「そのお話、柳生様には初めからお話ししなければおわかりいただけませんよ」

綾乃が、そう言ってさらに吉野をたしなめた。

「そうでございますね」

吉野は、その場に座り込むと、俊平にうなずき、他の三人の大名にも目を配って話しはじめた。

吉野の話はこうであった。

このところ、上野山下《うえのやました》、浅草寺《せんそうじ》境内や両国《りょうごく》などの盛り場に、点々と二十歳前後の若い娘を置いた水茶屋が軒を連ね、人気を博しているという。

始まりは元禄《げんろく》の頃とも享保《きょうほう》になってからともいうが、当初は路傍や社寺の境内で湯茶を供し、参拝客を休ませていた掛茶屋から始まり、店先に葦簾《よしず》を出して美女を置く形態と移っていったが、このところは若い男たちの間で大いに人気を博することとなり、今では江戸じゅうの繁華な場所に、こうした水茶屋が生まれているという。

店は何処も主や女将が仕切っているが、男たちの目を引くのは茶を供する若い娘のほうで、その器量の善し悪しが店の人気を左右するようになっている。

やがて、店の競争がさらに厳しくなると、手を変え、品を変えた店が現れ、高級店もぽつぽつ現れるようになった。

吉野が、三味線の弟子立花屋祥兵衛《たちばなやしょうべえ》に誘われて臨時の女将をつとめるようになった下谷同朋町《したやどうぼうちょう》〈浮舟《うきふね》〉もそのひとつという。

今までいた店の女将がやめてしまったので、代わりが見つかる間だけでいい、店に控えていてくれないかと祥兵衛に頼まれ、断りきれずに受けたと吉野は困ったように言うが、まんざら嫌がっているようすもない。

吉野が店に出てみると、なるほど周辺の安普請《やすぶしん》の茶屋とはちがって、店構えも堂々たるもので、周囲の水茶屋とは一格も二格も上であったという。

主の立花屋祥兵衛も、下手《へた》な三味線をつまびいている同じ男とは思えぬほど堂々たる水茶屋の主であった。

店はさすがに高級店らしく、茂氏の持参した茶釜とそっくりの天明釜を呼び物のひとつとし、若々しい町娘を揃えて繁盛しているようすであった。客筋も、大身の旗本から、はては大名まで呼び込んでいるという。

「あいにく、私はまだ水茶屋というものに行ったことがない。どのような茶を出すのかの」

一柳頼邦が、吉野に訊ねた。

「一柳さまも、ぜひいちどお越しくださいませ。けっして敷居の高いところではございません。濃い茶ではなく、ふつうのお茶。店では漉茶《こしちゃ》と呼ぶ茶を小笊《こざる》の中に入れて、湯を注ぎます。ほどよく冷ましたところで、お客さまに供します。むろん、若い娘がすべて行いますので、お客さまはそれを見ていらっしゃるだけです」

吉野がわかりやすく説明すると、頼邦の目がしだいに輝きだす。

「若い町娘か。それは、よいところのようじゃの」

立花貫長が、鼻の下を長くして嬉しそうに言った。

「まあ、貫長さまはご正室のほかにも、ご側室お久《ひさ》さままでいらっしゃるといいますのに、そのうえ、まだ若い女人をお求めでございますか」

呆れたように雪乃が言うと、

「男とは、まあそのようなものでございますよ」

常磐が幾度も頷いて、雪乃を諭した。

「それにしても、立花屋祥兵衛とやら、古天明の釜にはよく通じておるのであろうな」

茂氏が感心して言った。

商魂たくましい祥兵衛をどこかうらやんでいるふしがある。茂氏も、藩を立て直すため、手を変え品を変えいろいろ商売を思いつき、先に〈芋栗三昧《いもくりざんまい》〉なる薩摩芋と栗を混ぜ合わせた菓子を考案して好評を博している。

五千石の藩の財政は大変らしい。

「大名も来るというが、どの程度の大名なのだ」

頼邦が、〝どの程度〟に力を込め、うかがうように吉野に訊ねた。

「おぬし、だいぶ一万石に引け目を感じておるらしいの。もそっと堂々といたせ。大名というだけで立派なものだ」

立花貫長が、頼邦を蔑《さげす》むように見て、そのきゃしゃな肩をたたいた。

「禄高は存じませんが、大勢のご家臣を連れて来られるお大名がいらっしゃいます。かなりの大身のお大名かと存じまする」

吉野が応じた。

「はて、どこのどなたであろう」

頼邦が、俊平と顔を見あわせた。

「そう、たしか鳥取藩《とっとりはん》と申されておられました。なんでも、伯耆《ほうき》と因幡《いなば》をお治めになっておられるとか」

「鳥取藩といえば池田侯《いけだこう》だな。それは大身だ」

俊平が、言って顎を撫でた。

鳥取藩は俊平にとっても気になる藩であった。武術が盛んな山陰の大藩で、新陰流流祖で柳生宗厳（石舟斎）の師上泉信綱とともに柳生の庄を訪れ、信綱の去った後も大和にそのまま残り、新陰流の道統をしっかり伝えて去った疋田景兼《ひきたかげとも》（豊五郎《ぶんごろう》）の新陰流が代々鳥取藩に伝えられているという。

その疋田新陰流は、柳生新陰流とはきわめて近い流派ゆえ、俊平の関心がとぎれたことはない。

「たしか、鳥取藩は禄高三十二万五千石。われらの一万石とは雲泥《うんでい》の差だ」

貫長が、言って首をすくめた。

「おぬしこそ、一万石で萎縮《いしゆく》しておるではないか。たかが三十二万石少々。まだまだ上はある。加賀《かが》、伊達《だて》、島津《しまづ》……」

一柳頼邦が、指を折って数えはじめた。

「さよう。さよう」

茂氏も、ほくそ笑んでいる。

仙台藩《せんだいはん》六十二万石の主伊達吉村《よしむら》と茂氏は、参勤交代の折など街道で挨拶を交わす昵懇の間である。

「あそこは、姫路《ひめじ》から池田輝政《いけだてるまさ》の孫光政《みつまさ》が移っていったところだ。輝政はたしか継室が神君家康公の次女督姫《とくひめ》様であったな。それゆえ、池田輝政は徳川家に大切にあつかわれ、姫路宰相《さいしょう》などとおだてられていた。鳥取藩の控の間は、大広間《おおひろま》だ」

茂氏は、なかなか大名の格式に詳しい。

「今の藩主は、たしか池田吉泰《よしやす》侯であったな」

一柳頼邦が、空を睨んで思い出した。

「そうだ」

茂氏がうなずく。

「あのお殿さま、ちょっと変わり者なんです。いつも頭巾《ずきん》を被って店にやって来られるんですよ。お供はいつもきまって怖いお顔のお武家が四人」

吉野が、声をひそめて言った。

「ほう」

俊平がうなずいた。

藩主は武道の盛んな藩らしく、武ばった家臣がお好みらしい。

「されど、藩主の評判はあまりかんばしからぬようですな」

茂氏が俊平に向かって言った。

「と、申されると」

「かの藩は、この数年、度重なる災害に見舞われておってな。世情不安もあり、藩の風紀はずいぶんと乱れているという。城下では幾度も辻斬りが現れ、犠牲者が絶えないが、藩主が刀の試し斬りをさせているという風評が立っているという。そこで、たびたび藩の粛正《しゆくせい》が行われ、倹約令《けんやくれい》も出されておるが、藩主ご自身はどこ吹く風。多趣味なお方で、能面や茶器を買い集め、出費を惜しまぬという」

「それでは領民がかわいそうだの。だが、まあ、羨《うらや》ましくもある」

頼邦が、茂氏の話にうなずいた。

災害に見舞われているのは伊予小松藩も同じ、だが鳥取藩は大藩、藩主が贅沢を重ねても、藩はさほど揺るがぬらしい。

「その話、わしも聞いたことがあるぞ」

貫長も、横から口を出した。

「吉泰殿は参勤交代のたびに帰路、京、大坂で趣味の物を多数買って帰られるという。能面は八百枚にもおよぶという」

「能面を八百枚も……どこでその話を聞いた」

頼邦が、呆れて貫長を見かえした。

「菊の間の二万石大名だ」

能面といっても、傑作は高い。数十両の物はざらである。

「その話、たしかなようでございますよ」

吉野が、前のめりに体を傾けて頼邦をうかがった。

「お茶屋でも、能面のお話ばかり。時には面を被って戯《たわむ》れられ、店の女たちを怖がらせて愉《たの》しんでおられます」

「はて。怖い面とは夜叉《やしゃ》か、般若《はんにゃ》か。それにしても困ったお方だ」

俊平が吉野に向かって言う
「怨念《おんねん》の面がお好きらしく、何日か前でしたが、般若面のよいものが手に入った、橋《はし》姫《ひめ》の面はいま少し集めたい、などと、お供の家臣としきりに話しておられました」

橋姫は能の演目『鉄輪《かなわ》』に現れる女神、鬼女である。

「さむしろに衣《ころも》かたしき今宵もや、われを待つらむ宇治《うじ》の橋姫……」

頼邦が白扇をたたきながら謡《うた》う。

「だが、藩士も領民も、それではたまらぬな」

俊平が、苦い顔をして吉野が膝元に勧める茶をとった。

「瓢《ひょう》簞《たん》も、作らせておられるそうでございます、それも、黄金《こがね》の瓢簞とか」

「なに、金の瓢簞！」

頼邦が、思わず声をあげた。

「千成《せんなり》瓢箪だそうにございますよ。財政難の折に、それを鋳潰《いつぶ》せば、役に立つと。もう五つほど作ったと申されました」

「しかし、千成瓢箪とは妙な」

貫長が唸った。

「池田家は豊臣恩顧《おんこ》の大名であった。それを誇りにしておるのか、それにしても徳川の世に妙なことだ」

「あるいは、その瓢箪のもとのものは、太閤秀吉に褒美《ほうび》に賜ったのかもしれぬな。それを、代々の藩主が真似て作らせておるのやもしれぬ。池田家はなかなかに反骨のおう心が旺盛《おうせい》なようじゃ」

俊平が怪訝そうに目を細めた。

「はは、外様《とざま》大名の腹の内は複雑なものよな」

貫長がからからと笑った。

立花貫長の本家柳河藩は、西軍の勇将立花宗茂の立藩した藩。貫長も豊臣恩顧の外様大名の心情がわかるらしい。

「そういえば、おぬしのところも外様ではないか」

作法どおり茶を喫《きっ》しながら、俊平は苦笑いして貫長を見かえした。

「そういうことになる」

「それにしても、このような茶器で点てた茶は美味い」

俊平は話をそこまでにして茶碗を置いた。

茶花鼓に明け暮れる部屋住み時代が長かっただけに、俊平の茶の所作はみごとなものである。

「このような茶器で点てた茶に、とてもふさわしいものではありませんが、神田《かんだ》通《とおり》新石町《しんこくちょう》〈長門《ながと》〉が将軍家に献上する最中《もなか》などいかがでございましょう」

綾乃が遠慮がちに出した菓子を、みなの前にすすめた。

それぞれが、手を出して口に運ぶ。

「ううむ。綾乃どの、恥じ入ることはないぞ。これは城中菊の間で食すものよりはるかに美味い。いかが」

一柳頼邦が茂氏に訊けば、

「これは、たしかに柳の間の菓子より一格上。さすが、お局方の食するものはちがいまするな」

茂氏が、感心して綾乃を見かえした。

俊平も、美味《うま》そうに最中を食す。

「こうした茶会はじつによい。　親しき者のみで気取らずゆっくりと茶を喫する、これにすぐる愉しみがあろうか」

俊平がしみじみと言えば、

「まことにございます。さしずめ、今日の主役は茂氏さまのご持参になった茶器の数々」

「さよう、ことのほか佳き物は太閤殿下も愛《め》でられたという彦三郎の茶器と古天明の茶釜でございますな」

一柳頼邦も幾度もうなずき、満足げである。

「されば、しばらくここに置き、いくどか茶会を開きましょうかの」

茂氏が、ふと思いついたように言って、にこにこと笑いながら一同を見まわした。

「まあ、それはまことでございますか」

常磐が、目を大きく見開いて茂氏を見かえした。

「まことも、まこと。たびたびお三方やお局方に喜んでいただければ、こちらの茶器も悦《よろこ》びましょう」

「しかし、大丈夫でしょうか。これほど大切なもの」

綾乃が、心配になって常磐を見かえした。

「大丈夫とは」

茂氏が怪訝そうに綾乃を見かえした。

「泥棒に狙われましょう」

「なんの、綾乃さま。私どもでしっかりお守りいたしましょう。それに、俊平さまも、きっとお力添えくださることでしょうに」

雪乃が、俊平の腕に絡みついた。

「おいおい。私を茶器の番人にするつもりか」

俊平が、苦笑いして雪乃を見かえすと、

「たびたびいらしていただければ、私どもが手によりをかけた料理にておもてなしいたします」

「おいおい、いつも俊平殿が特別あつかいだな」

頼邦が、すねた顔で女たちを見かえした。

「将軍家剣術指南役の柳生さまでございますから、頼りになりまする。しかし、一柳さま、立花さまもご立派なお大名。いらしてくだされば、これにすぐる誉《ほま》れはございません」

綾乃が、笑いながら貫長と頼邦を見かえした。

「されば、これからもたびたびまいろう」

茂氏も、すっかり気を取り直している。

「あいにく、わしは参勤交代であった」

「そうであったな」

貫長が沈んだ声で言った。

「俊平殿、あの話、もういちど考えてみてくれ」

頼邦が俊平を真顔で見つめて言った。

俊平は黙っている。

「それから、あたくしのお店もご贔屓《ひいき》に」

吉野が、すかさずみなに誘いかけた。

「ただし、若い娘には目をくれませぬように」

「なんの、吉野らお局方の円熟した魅力に町娘などが敵《かな》うわけがない。だが、その店、ちと興味が湧いた。きっとうかがおう」

俊平がそう言うと、

「ならば、わしもぜひ連れていってくだされ」

茂氏が、妙に積極的に俊平に頭を下げた。

二

俊平は、ともに浅葱色《あさぎいろ》の大暖簾《おおのれん》をくぐり、店の土間に立って喜連川茂氏に語りかけた。

「ほう、これはなかなかよい店ではないか」

今日は俊平も茂氏も忍びの町歩きということで、供は連れてはいない。

豪弓を引き、巨岩を担ぎ上げるという茂氏にしたら、もともと供など鬱陶《うっとう》しいだけ、将軍家剣術指南役の柳生俊平との町歩きであれば、これほど頼もしい連れはない。

表通りに堂々と店を構えた水茶屋〈浮舟〉の入り口である。

入り口は素通しだが、さすがに安普請の付近の茶店とはちがって、一歩店に足を踏み入れれば、しんと静まりかえり、客の姿も見えない。

周囲を圧するほどだが、茶屋といっても料理茶屋とはちがって店の間口が広く、暖簾が翻り、店の奥まで見通せる。

まだ二十歳にも満たない若い娘が、絣《かすり》の着物に朱の前掛け姿で通りの男たちの目につくよう、これみよがしに動き回っている。

店の暖簾を潜れば、裕福そうな商人が若い娘に手を引かれ、奥の茶室に消えていくところであった。

奥をのぞけば、左右に小部屋が仕切ってあり、娘たちが、茶碗と小皿の載った盆を持って土間を行き来している。

娘が障子を開け放つと部屋のなかから、わっと嬌声が漏れてきた。

三和土《たたき》の手前に立つと、奥から眉を高く引いた明るい眸《ひとみ》の娘が現れて、

「お二人さまでございますね」

と微笑みかける。

「女将はいるかね」

俊平が娘に訊ねると、

「あ、おります。すぐに呼んできます」

ちらと茂氏を見かえし、クスクス笑いながら跳ねるような足どりで奥に消えていった。

「俊平殿、あの娘はなんで私を笑っていたのであろうな」

茂氏が、きょとんとした顔で俊平に訊ねた。

「どうやら、茂氏どののお顔は若い娘に人気があるようだ」

「この私の顔がか……？」

わけがわからないといった顔で、茂氏はまだ首を傾げている。

「まあ、これは俊平さま。茂氏さま」

奥から現れた吉野は、嬉しそうに小腰をかがめて挨拶をした。いつもの吉野とは、見ちがえるほどの堂々たる茶屋の女将である。

浮舟の名の入った鶯色《うぐいすいろ》の法被《はっぴ》がよく似合っている。案内して去っていった娘が、一目《いちもく》置いているようすがよくわかった。

「吉野どの、今そなたを呼んだ娘は、何か言っていなかったか」

俊平が茂氏の代わりに訊ねた。

「ああ、朱美《あけみ》ちゃんたら、大きな顔の耳も象のように大きなお客さんが来たって。面白がってましたよ」

「ほうらみろ、茂氏殿。そなたは、女人に人気がある」

「そうそう、ここに来ていろいろ学びましたよ。茂氏さまのように男らしくて、しかもおやさしい風貌の方は、娘たちに人気があるようですよ。それに、面白い人。こういうところでは、どんなに偉い人でも、威張っていちゃだめ。嫌われます」

吉野が、うなずきながら言う。

「そこへいくと、お二人などどんぴしゃりです」

「そうかの」

俊平も、にやにやして顎を撫でた。

「自分としては、ちと軽すぎると思っていたが、こういうところではよいようだ。なにやら、救われた思いがする」

苦笑いして俊平がそう言えば、

「私もなにやら――」

茂氏がそう言って相好《そうごう》を崩したその時、店の奥でいきなり高い女の悲鳴があがった。つづいて、男の怒声とさらに別の女の悲鳴。

どうやら、客が騒ぎだしているらしい。

「なにごとです」

吉野が、声をあげた。

「お客さまが、暴れておられます」

奥から娘の声が聞こえる。

声のあった小部屋の辺りで障子が荒々しく左右に弾《はじ》かれ、廊下に白煙が広がっている。

客間から、店の娘が飛び出してきた。

「どうしたのです、朱美さん」

吉野が、娘の腕を取って訊ねた。

「お客さまが、お茶の湯が手に飛んだ、熱いと怒っておられます。茶釜をひっくり返してしまわれました」

「それは、とんでもないこと」

吉野が、慌ただしく娘とともに部屋にもどっていく。俊平と茂氏が後につづいた。

客間は、覆された茶釜と熱湯が生み出す白煙で濛々《もうもう》としている。

「これはご無体な――」

吉野が思わず、戸口で立ち尽くしている。

部屋のなかでは、若い娘二人が三人の侍にとり押さえられ、腕をねじあげられていた。

「これ、狼藉《ろうぜき》はやめよ」

俊平が、娘の腕をとっている眉の太い角顔の男に言い放った。

「なんだとッ！」

男が、怒気を膨らませた。

「この娘たちがどのような粗相をしたか知らぬが、まだ娘。大のおとなが、そのように腕をとって責めるほどの粗相をしたとも思われぬ」

「見てきたようなことを言う。おまえはこの娘どもが、どのような無礼をはたらいたか見たわけではあるまい」

もう一人、顎のしゃくれた鋭い目の男が、吐き捨てるように言った。

「娘、この三人はなにゆえ怒っているのだ」

茂氏が直接、娘の一人に訊ねた。

娘は黙って男たちを見かえし震えている。

「梢《こずえ》さん。話してごらん。こちらのお侍が、助けてくださいますよ」

「恐ろしくて言えぬか」

茂氏の双眸《そうぼう》が、男たちをぐるりと見て、大きく見開かれた。

「お侍さまがしつこくあたしと梢ちゃんの体を触るんです。手を払ったら、水穴の湯がかかったと怒りだして」

もう一人の娘が、こわごわと男たちをうかがって言う。

「茜《あかね》さんも、梢さんも、朱美さんも湯をお掛けしてしまったのならば謝りなさい。

お客さま、店の娘に触れるのはご容赦《ようしゃ》ねがいます。うちは、そのような店ではございませんので」

吉野が、穏やかな口調で言った。

「いや、許さぬ。我らを誰と心得る」

「はて、どちらさまで――」

吉野が、ちょっと意地になって問いかえした。

「徳川家の禄《ろく》を食《は》む直参旗本先手《さきて》弓頭《ゆみがしら》の安藤源一郎《あんどうげんいちろう》だ」

「同じく徒目付《かちめつけ》本間象二郎《ほんましょうじろう》」

「小普請方《こぶしんかた》佐々信吾《さっさしんご》」

「ほう、それはご立派な方々だ」

俊平が、にやりと笑って三人を睨みすえた。

「早い話が、直参旗本が水茶屋の娘に手を出し、ぴしゃりとやられたわけだな。みっともない話だ。これではかっこうの瓦版《かわらばん》のネタになろう。おぬしらは、徳川家の恥となってもけっして誉れとならぬ愚か者どもだ」

俊平が、嘲《あざけ》るような口調で言った。

「まこと、恥ずかしきことよの」

茂氏も、にやにやしながら顎を撫でて言う。

「なんだとッ！」

安藤と名乗った眉の太い角顔の先手弓頭が、濁声《だみごえ》をあげて立ち上がった。

怒気に、眉間《みけん》が赤黒く染まっている。

その声があまりに猛々《たけだけ》しかったので、通路に大勢の客が飛び出して来ている。

娘たちも、おそるおそる茶室から顔を出しこちらのようすをうかがっている。

「おまえたち、そも何者だ！　その場におらず、女たちの言い分だけを聞いて、我らを愚弄《ぐろう》するとは、もはや、聞き捨てならぬ」

もう一人の大顎の徒目付本間某が遅れて立ち上がった。

「されば、火傷《やけど》でもなされたか。湯のかかった手をお見せいただこう」

「ううむ」

残った一人、額の中央に黒子《ほくろ》のある奥目も立ち上がり、それぞれに二人に挑むように立ちはだかる。

「もういちど言ってみろ。ただには捨ておかぬ」

安藤源一郎が言う。

「おお、何度でも言うぞ。大人げないではないか。湯がちとかかっただけで、茶釜をひっくりかえし、娘の腕をねじあげる、それが、天下の直参旗本のなさることか」

茂氏が、おだやかな口調で諭すように言う。

それがかえって嘲られたように思ったのか、三人ともさらに怒気を膨らませた。

「ええい、もはや問答無用。我らの言い分が正しいか否か、刀に懸けて白黒をつけよう」

本間という大顎の男が叫んだ。

「女、差料《さしりよう》を返せ」

額に黒子のある男が吉野に命じる。

吉野が困ったように俊平を見かえしたが、俊平が黙ってうなずいた。

女たちが、帳場に消え、やがて三人の直参旗本の差料を取ってくる。

「面目を潰され、逆上なされたようだな。ぜひにと申されるなら、相手をせぬでもないが、後悔なされるなよ」

俊平が、三人を見まわして言う。

「ほざいたな」

「目にものみせてくれよう」

安藤と本間が同時に叫び、娘が取ってきた差料をむしりとる。

三人は、そのまま勢いよく外に飛び出していくと、その後を俊平と茂氏が笑いながらついていった。

さらにこれに野次馬がつづき、通行人まで集まってきて輪をつくり、五人を囲む。

「これは侍の意地をかけた争いなれば、当然真剣勝負となるが、そのほうら、覚悟はできておろうの」

左右の仲間を省みて、安藤が一歩踏み出した。

「なに、別段覚悟などいらぬが、私は刀は使わぬ。この白扇でじゅうぶん」

俊平が言えば、

「ならば、私には愛用の鉄扇《てっせん》がある。これにて相手をしよう」

茂氏が、面白そうに応じた。

「なに、白扇で！」

「鉄扇だと！」

「うぬら、我らを愚弄《ぐろう》するか」

男たちが口々に叫んだ。

「愚弄はせぬ。だが、おまえたち愚か者と争うて、腹を切るはご免だ」

「なんだと」

「忘れたか、うぬらも直参旗本なれば、武士同士の争いを禁じた御法度《ごはっと》を知らぬはずもなかろう。喧嘩両成敗《けんかりょうせいばい》なれば、すなわち切腹。私はこんなところで命を捨てたくはない。それゆえ抜かぬのだ」

「さ、さればうぬらは、浪人者ではないということだな。では、名を名乗れ」

「なに、名乗るほどの者ではない」

俊平は、白扇でぱんぱんと肩をたたいた。

名乗るつもりなどない。

「名乗らぬなら、浪人とみなす」

「勝手にみなされては困る。それに浪人同士の争いならともかく、浪人を斬るにせよ、旗本が士分の者と、届けを出さずに私闘に及べば、やはり切腹」

「ええい、ご託ばかりを並べておって、ならば、やむをえぬ。組み打ちだ」

大顎の侍が、我慢しきれず腕をまくって前に踏み出た。

四股《しこ》を踏むように低く身構えている。

「組み打ちなら俊平どの、わしでじゅうぶんだ」

茂氏が、これに呼応し、のしのしと前に出る。

「こ奴めッ！」

大顎の男が、まず茂氏に突撃していく。

火花の散るような激しい頭突きである。

それを茂氏は、ひらりと躱《かわ》し、男の襟首を摑んで引きもどすと、まるで米俵でも担ぐように両手で頭上高く持ちあげた。

桁違《けたちが》いの膂力《りょりょく》である。

群集の間から、いっせいにどよめきがあがった。

相撲《すもう》取りでもないれっきとした侍が、男一人をまるで小犬のように抱えて持ち上げている。群集はまるで夢でも見ているように息を呑み、ただ茫然《ぼうぜん》と見つめていた。

「どういたしましょうな、柳生殿」

茂氏が、俊平に訊ねた。

「そうだな。そこら辺りに放り投げてもかまわぬ。こ奴ら、痛い目にあわねば、また町で悪さをつづけるであろう」

「されば、遠慮なく」

茂氏は、にやりと笑って、大きく腕を伸ばし、頭上高く担ぎ上げた。

「よせ、やめよ」

茂氏の頭上で男が足をばたつかせた。

「えいッ！」

茂氏は気合をこめて、男を仲間の二人に向かって投げつけた。

その体を受けとめきれず、二人は大顎の男を抱きかかえたままどっと後方に尻餅《しりもち》をついた。

群集の間から、割れるような喝采《かっさい》がまき起こった。

「ええい、小癪《こしゃく》なッ！」

茂氏にはかなわぬと見た残りの二人が、揃って俊平に向かっていく。

だが俊平は、両手を伸ばし摑みかかろうとする四本の腕の間を、スルリとくぐり抜けると、振りかえりざま、前に踏み込んでツンツンと二人の額を白扇で突く。

男たちは、木偶《でく》人形のように棒立ちになると、そのまま朽木《くちき》のようにどっと後方に倒れた。

あまりの見事な白扇捌《さば》きに、しばし群集の間から声を漏らす者もない。

「俊平さま——ッ」

「ご無事でございますか」

吉野が、駆け寄ってきた。

だが、声を掛けたのは俊平と茂氏に向かってではない。尻餅をついたままの三人の旗本にであった。客を大切にする気働きから生じた吉野の機転である。

「黙れ、女ッ！」

バツが悪そうに吉野の手を振り払うと、三人は羽織の埃《ほこり》をパタパタとはたき、俊平と茂氏をちらりと見かえすと、肩をいからせ立ち去っていった。

「ありがとうございました。一時はどうなることかと」

吉野が、あらためて俊平と茂氏に向きなおり、二人の着物の埃を順に払う。

「たちの悪い旗本どもだ。だが、それにしても、茂氏殿の怪力には恐れ入ったの」

俊平はあらためて茂氏をまぶしそうに見かえすと、群集の間からもどっとどよめきが起こった。

「なに、あのくらい、どうということはない。俊平どのの白扇の技こそ、お見事の一言。とまれ、まずは刀の勝負にならずに済んだのはよかった」

茂氏は、乱れた羽二重の襟元を整えた。

「いやア、あっぱれ、あっぱれ」

と、群集の間から、朗々《ろうろう》とした声が上がった。

俊平が振りかえれば、三人をとりまく見物人の最前列に、瓢簞柄《ひょうたんがら》の入った派手な紋付袴《もんつきはかま》、銀の柄頭《つかがしら》の二尺六寸はあろうかという豪快な太刀を摑み、数人の供の者を従えた武士がいた。

紋服の家臣の姿を見れば、いずこかの大身の旗本か大名であろう。

頭に山岡頭巾《やまおかずきん》を被り、面体《めんてい》を精緻なつくりの般若面で覆っている。

俊平はにやりと笑った。どうやら吉野から話のあった鳥取藩主池田吉泰その人のようだ。

「はて、どなたでござろうな」

俊平が、惚《とぼ》けた口調で声をかけた。

「なに、この場ではちと名乗れぬ。だが、今日はよいものを見せてもろうた。茶を共に飲まぬか。そちらの関取《せきとり》のような御仁も」

般若面の侍は、俊平の背後に立つ茂氏にも声をかけた。

「わしは相撲取りではない」

茂氏が憮然として言う。

「あ、これは失礼つかまつった」

「はて、どうしたものかの」

俊平が、池田吉泰を見すえたまま茂氏に問いかけた。

「せっかくのお招きだ。まあ、よろしかろう」

茂氏が鷹揚《おうよう》に言う。

「されば、いざ、まいられよ」

吉泰はそう言い残すと、従者を従え、二人を誘導するように茶屋にもどっていった。

吉野は、困ったように笑っている。

三

「柳生殿。お初にお目にかかる。それがしは、鳥取藩主池田吉泰でござる」

ゆっくりと能面を外し、白い湯気を立てる茶釜の脇に置いてから、その侍は素顔を見せて名を名乗った。

眼光は鋭く、しかも白目の少ない自信ありげな眸である。唇は厚く、口は大きい。

「こちらこそ、よしなにお願い申しあげる」

俊平も、吉泰を真っ直ぐに見てうなずいた。

「して、こちらは」

吉泰が俊平に訊ねた。茂氏を知らないらしい。

「喜連川藩主、喜連川茂氏殿でござる」

「おお、公方様とはそこもとでござったか」

「池田侯に御意を得ますは、それがしの誉れ」

喜連川茂氏も、こうした挨拶言葉は言い慣れているらしく、そつのない愛想笑いをした。

話に聞いていたが、なるほど池田吉泰という男は、よほどこの店が気に入っている

らしく、傍らの吉野の親しげなようすから見ても、入り浸《びた》っていることがうかがえる。

因幡国気多郡《けたぐん》を治める鹿野藩《しかのはん》初代藩主池田仲澄《いけだなかすみ》の長男であった池田吉泰は、男子の

いない鳥取藩主池田綱清《つなきよ》の養子となり、元禄十三年（一七〇〇）その跡を受け家督を

継いでいる。

そのときはわずか十四歳であったというから、以来三十余年にわたって鳥取藩主を

つとめてきた堂々たる大守である。

鳥取池田家は、関ヶ原の合戦の後、池田恒興《つねおき》の三男（輝政の弟）の長吉《ながよし》が立藩した

もので、その後、鳥取と岡山でふたたび藩主が入れ替わることがあったが、両藩とも

今もって徳川家内で重きを成している。

ただ、聞こえてくるこの藩主池田吉泰の評判は、あまり芳《かんば》しいものではない。

——すべての不肖《ふしょう》を一手に集めた藩主。

などと陰口をたたかれていることも、吉野から話を聞く前から耳にしていた。

藩財政の窮乏《きゅうぼう》も省《かえり》みずに能に明け暮れ、集めた能面は数知れず、また瓢箪を好んで、飢饉の蓄えなどと称して黄金の瓢箪を作らせていることは先に吉野の話で触れた。

見れば、今も腰に酒の入った艶のある大きな瓢箪をぶらさげている。

こうした藩主だけに、鳥取城下は世情不安のため流言が飛びかい、抗議の民衆は幾度も城を取り巻いて一時は騒然となった。

これに合わせて藩士の風紀もしだいに乱れてきて、藩はたびたび藩の粛正を行っている。

なるほど吉泰の面《つら》がまえを見れば傲岸不遜《ごうがんふそん》、また退廃の気風がうかがえる。

口元は微笑みを湛《たた》えているが、その双眸は、冷やかで、俊平に本心を隠しているふうにも見える。

羯帝《ぎゃてい》羯帝《ぎゃてい》波羅《はら》羯帝《ぎゃてい》波羅《はら》僧羯帝《そうぎゃあてい》

吉泰は突然般若の面を被って経を唱えはじめた。

「般若心経でござるな」

俊平が言った。

「この世は空。この面を被れば、人も世も変わって見える。お二方の噂は、こちらの女将から、よく聞いておる。大奥を離れたお局方をたびたび訪ね、宴を催しておるとか。いやいや、なんとも羨ましい」

吉泰はいくども掌で膝を撫で、

「それがしも、お仲間に加えていただきたいほどだ」

と目を細める。

「よろしければ、ぜひお訪ねくだされ。ご趣味の能面の話などうかがえば、座も盛りあがりましょう」

「それは、愉しみじゃの。いつか、きっとうかがおう」

池田吉泰は、茶室の隅に控える吉野に嬉しそうにうなずいてみせた。

「ところで、喜連川殿。ご貴殿は足利将軍家に連なるお家柄。佳き趣味の物がそろっておりましょうな」

吉泰はうかがうように茂氏を見た。

「当家に能面はありませぬが」

「いやいや、能面ではござらぬ。茶器の類の佳い物がありませぬか」

「大した物もござらぬが」

「ご謙遜《けんそん》、ご謙遜」

茂氏はさらに困った顔をして、吉泰を見かえした。

「はて、茶器。どのようなものがあったかな」

吉泰の収集癖を警戒して、惚《とぼ》けた顔で宙を睨んだ。

もし、なにか譲れと言われても、数少ない家宝だけに譲り渡すわけにはいかない。

「なにやら、かの太閤秀吉から贈られたという彦三郎の茶壺があると聞いておる。類まれな名物とか。あれは、たしか土器のうちに入るそうでござるな」

「さよう。釉薬《ゆうやく》を用いず、ただ土で捏《こ》ね、轆轤《ろくろ》で形づくった物を焼いたゆえ、もろくなかなか後世に残るものはござらぬ。移動するのも困難、いやはや手を焼いてござる」

茂氏は、土器に力を込めて言った。

「いやいや、ご苦労お察しする。しかし、その土器であることが、独特の侘びた味わいを生んでおるとか。ぜひにも一度拝見したいものじゃ」

「きわめて、もろうござる」

茂氏は、渋い顔をして吉泰を見かえした。

「太閤殿下は、陶芸品にはことのほか目が肥えておられた。その殿下がご朱印状をその作者に与えたという。よほどの名人であったのであろう」

「さようかの」

茂氏は、困ったように俊平を見た。

「その者、美濃出身と聞く。我が家も美濃の土豪《どごう》の出自《しゅつじ》。同郷での。親しみを覚える。それに、池田家はもともと豊臣恩顧の大名、太閤殿下から贈られたと聞けば正直、なんともうらやましい。いかがであろうな。できれば、ご希望の値にて譲ってはくださらぬか」

「……、はて、これは困りました」

茂氏が顔をこわばらせた。

「いきなり、譲れでは、たしかに失礼とは存ずる。しかし、当家は豊臣恩顧の千成大名。いざという時のために千成瓢箪がござる」

「千成瓢箪、でござるか？」

「これじゃよ」

吉泰は腰の瓢箪を振ってみせた。

太閤秀吉の馬印である千成瓢箪のことらしい。

茂氏はにやりと笑った。

「はて、なにが入ってござる」

俊平がはぐらかすように訊ねて、茂氏に助け船を出した。

「なに、甘露《かんろ》よ、甘露」

甘露とは例えで酒である。

「じつは黄金の瓢箪がござっての。それと引き換えにしてもよろしい」

「しかし、あの茶壺は、当家の数少ない家宝ゆえ……」

茂氏が、また渋面をつくった。

「そうでござろう。大切にされておられたことは、よくよく承知しておる。だが、当家の黄金も値打ちは高い」

「黄金の瓢箪でござるか？」

「純金の物にて、掌に載るほどの物。かつて太閤殿下から贈られたものと同型の物でござってな。小判に鋳潰せば、三百両はかたい」

「三百両……！」

吉野が、目を大きく見開いて驚いた。

「欲しい、なんとしても欲しいのでござるよ。されば、その千成瓢箪を三つにては」

「なんと、黄金の千成瓢箪を三つでござるか」

茂氏が驚いて俊平を見つめた。

俊平は、苦虫《にがむし》を噛《か》みつぶしたような顔で黙っている。

「お殿さまは、まるで子供のよう。ほんとうに我が儘なお方でございます。喜連川様がお困りのごようすでございますよ」

吉野も、茂氏に助け船を出した。

「子供、子供。わしは五十に手の届く歳だが、まるで子供だ。欲しいとなれば、なんとしても欲しくなる。おかげで、当家には能面が八百も揃うた。売り物にできるほどの数よ」

「まあ、それは凄うございます」

吉野は、呆れたように言って吉泰の袖にすがった。

「そうでした。本日は、古天明の茶釜を、主の立花屋祥兵衛が下野国より取り寄せました。太閤秀吉公の茶壺は後ほどまたご相談なさるとして、こちらの茶釜をお楽しみくださいませ。噂の松永弾正の平蜘蛛の茶釜と瓜二つとの噂もございますよ」

吉野が懸命に話を逸《そ》らすと、それに乗ったふりをして、茂氏がおお、と声をあげ、目の前の風炉の上の侘び色の茶釜に目を移した。

「たしかによい釜じゃ。古天明の茶釜か。かの松永弾正の茶釜もかくやと思われる」

つられて吉泰も茶釜に目を移した。

なにやら蜘蛛が糸を吐くように、両の把手《とって》あたりから白い湯気が上がっている。

「まことに、見事なもの」

俊平もうなずいた。

「ところで公方様、いかがでござろうな、瓢簞三つで」

吉泰が、また話を戻して茂氏に迫った。

「池田様、お湯が沸《わ》いたようでございます。喜連川様も、柳生様も、あの騒ぎでまだ茶を召しあがっておられません。お話はごゆるりと。まずは、お茶をお愉しみいただきとうございます」

吉野は池田吉泰の腕にすがりついて、若い娘の名を呼んだ。

さっきまで旗本三人組に付いていた朱美と梢、茜の三人が部屋にやってきたので、茶碗を追加させる。

女たちが茶碗を用意して部屋にもどってくると、煮えたぎる茶釜が白い湯気を吐いた。

蓋を取り、杓《しゃく》で湯を汲《く》んで、小笊の茶葉の上に注いでいく。

受けるのは、大ぶりの茶碗である。

「ほう、よい色が出たな。おっ、公方様の茶には茶柱が立ちましたぞ」

吉泰が、大きな声で叫んだ。

「まあ、ほんとうに」

吉野も驚いてみせた。

「なんだか、よいことが起こりそう」

娘たちが口々に言う。

「今日の話がきっかけで、公方様の喜連川藩にもきっとよきことが起きましょうぞ。吉の字は、それがし吉泰の字でもある」

吉泰が、背後の家臣と顔を見あわせながら笑った。

「まあ、今日のことって、いったいなんでございましょう」

事情を知らない朱美が、俊平に訊ねた。

「はて、なんであろうな」

俊平が、顔を背けた。

「茶壺を、お譲りいただくことかと存じまする」

若い家臣の一人が、また追従《ついしょう》を言った。

茂氏が、その家臣を睨みすえた。

「喜連川藩に蔵が立つかもしれません」

脇で、老獪《ろうかい》そうな家士が、茂氏に追従を言った。

「ま、これ以上申しあげては、公方様に対しいかにも無礼。もしよろしければ、ご検討くだされ」

吉泰は、茂氏をうかがった。

「それにしても、美味いの、この茶は」

俊平が、吉野を省みて言った。

「臼《うす》で茶を引き、こうして大奥仕込みの吉野のお点前《てまえ》で飲む茶は格別だ」

茂氏が言う。

「いいえ、この茶釜がよいのでございますよ。このように蜘蛛が伏せたような、平らで低い茶釜は、熱が広く一様にあたります」

吉泰が、あらためて茶碗の茶と茶釜を見比べて言って、

「茶釜は、このかたちにかぎるな」

茂氏もうなずいた。

「あ、そういえば……」

吉泰が、ふと思い立って俊平に顔を向けた。

「柳生殿」

「なんでしょう」

こんどは、俊平が顔を曇らせた。

「ご貴殿の御家には、先ほど話に出た松永弾正の平蜘蛛の茶釜が秘蔵されておると噂を聞きおよびまする。その話、真《まこと》でござろうか」

吉泰が戯《ざ》れ言《ごと》のように俊平をうかがった。

「はは、それはありませぬな。柳生家は大和の一土豪にすぎず、立藩した後も禄高は大名家としてはぎりぎりの一万石。そのような家に、天下の名物があろうはずもござりませぬ」

「さようで、ござるか……」

吉泰は、じっと俊平の横顔をうかがっている。

「いやいや、もしご当家に平蜘蛛の茶釜が残っておられるならば、鳥取藩三十二万五千石と取り替えても、お譲りいただきたいものだが」

吉泰が、残念そうに言って、またも真顔になって俊平を見つめた。

「はて、鳥取藩とお取り替えいただくのならば、むろん喜んでお取り替えいたしまするが、残念ながらありませぬ、ない物はない」

俊平は、念を押すようにそう言って、握った茶碗を大きくあおった。

「いやいや、本日はお二人の武勇をとくと拝見した。そして、この茶釜、よい目の保養になりましたぞ」

吉泰は、一人頷く。

「これにて、失礼いたすが、今後とも、ご両所には末永くご交誼《こうぎ》たまわりたい。公方殿、さきほどのこと、ぜひにもご検討くだされ」

立ち上がった吉泰は、振りかえり茂氏に強く念を押した。

吉泰の眼が、顔を伏せる茂氏から俊平に移った。その眼差しが妙に険《けわ》しい。

「されば、ご免――」

吉泰はまた般若の面を付け、茶室に俊平と茂氏を残し、四人の家臣を従えて立ち去っていった。

第三章　平蜘蛛《ひらぐも》の茶釜《ちゃがま》

一

「聞いておりやすよ、先生。旗本の乱暴者を相手に大立ちまわりを演じなすったそうじゃありませんか」

団十郎《だんじゅうろう》がうつ伏せになって灸《きゅう》を背中に乗せたまま、顔だけこちらに向けて、声をかけてきた。

大御所の指導を仰ぎにきていた大部屋役者たちも、みな、俊平を見て笑っている。

俊平が、中村座《なかむらざ》の楽屋に顔を出すようになって長い。

その日は朝から池田吉泰の毒気が体に滞《とどこお》ってしまったようで、執務も道場での稽古もはかどらない。

俊平は、夕刻を待ってこの日楽屋を訪れる宗庵《そうあん》の灸を目当てに、中村座の楽屋裏を訪ねてみたのであった。

芝居好きで若手役者に大勢稽古をつけてやっているお局方に頼まれて、久松松平家の部屋住みの時代に暇つぶしに身につけた芸事を楽屋裏で指導することとなった俊平だが、今では座主の市川《いちかわ》団十郎から、駆け出しの大部屋役者まで、すっかり知らぬ者もなくなり、座員も同然の扱いを受けている。

「こんなところまで話が広がっていたとは、いやはや、思いもよらないことだったよ」

俊平は、頭を掻《か》いて一同を見まわした。

「もう、こういう話はあっという間でさァ。草双紙《くさぞうし》に描かれちゃあね。しかも、飛ぶように売れているって話じゃありませんか。もう、先生は江戸じゅうの人気者ですよ。売り出し中の若手が羨ましがってまさあ」

「いや、私は役者じゃない。目立つのは苦手だよ」

他愛のない答えをかえすと、

「それより、先生もやっぱり男だね」

団十郎が、意外なことを言う。

「そりゃ、どういうことだね」

「いやあ、水茶屋ですよ。やっぱり先生も、年増《としま》より若い娘《こ》がいいようで」

「大御所、それは誤解だ」

俊平が、若手の用意してくれた大座布団に腰を下ろせば、

「へえ、ちがうんで」

団十郎は、大袈裟《おおげさ》に驚いてみせた。

「ちがうよ。お局の吉野が、茶屋の女将に駆り出されてね。私は義理で顔を出しただけだ」

ほんとうは、さほど興味がなかったと、俊平は手を振った。

「ああ、そういやァ、吉野さん、〈浮舟〉の女将になったんですってね」

「よく知っているね。大御所」

「あの辺りは、じつはちょくちょく行くんでね」

「ちょくちょくかい？」

俊平は、怪訝そうに団十郎を見かえした。

ここ堺町《さかいちょう》の芝居小屋付近から、下谷同朋町付近まではそこそこの距離がある。

ちょくちょく行くということは、つまり大御所はたびたび水茶屋に遊びに行くとい

うことらしい。

「大御所は、前掛け姿の若い娘がお好みのようなので」

付き人の達吉《たつきち》が、笑いを嚙み殺して俊平に耳打ちした。

もとは鳶《とび》職で、町火消しの纏《まとい》を持ったこともある達吉だが、軽業《かるわざ》の端役《はやく》で中村座に引っぱり出されたのがきっかけで、今では団十郎の雑事を一手にひき受けている。

「いやア、いろんな商売を考えるものさね。茶屋といえば、ほんの一昔《ひとむかし》前までは、寺や神社の境内に簾《すだれ》や床几《しょうぎ》を並べて商っていたもんだが、当節は江戸でもいちばんの繁華な通りで若い娘を並べて客を呼んでいる。男にとっちゃ、女は脂《あぶら》の乗った姐《ねえ》さんもいいが、若い娘もいい。けっこういいところに目を付けたもんさ」

大御所の口ぶりでは、どうやらだいぶ水茶屋に入れ込んでいるらしい。

「柳生先生、甘いもんでも」

茶を啜りはじめた俊平に、達吉が受けの菓子を運んできた。

「なんだい、これは」

「小田原《おだわら》の外郎《ういろう》で」

「ほう」

俊平が、背中に灸を乗せてこちらを見ている大御所を見かえした。咽《のど》を使うことの多い大御所は、たびたび咽を嗄《か》らして薬のほうの外郎の厄介《やっかい》になっている。どうやら、菓子のほうも贔屓《ひいき》にしはじめたらしい。

「若い者に買いに行かせたんだが、間抜け野郎で、菓子の外郎を買ってきやがってね。それも、一分金しかなかったんで渡したら、その金で全部買ってきやがった」

大御所が、笑いながら言う。

隣で、使い走りに行った若手役者が首をすくめている。

「まあ、よろしかったら召しあがって。先生のお口に合うかどうかはわかりませんが」

達吉が、話の間を見はからって俊平に勧《すす》めた。

「いや、外郎は好物だよ。先日も、お城でさるお方にこれとよく似た菓子を分けてもらって食べたが、あれは美味かった」

外郎を三角に切ったひとつをつまみ、口に入れてみる。柔らかな食感が舌と歯にからみつく。

「こりゃア。美味い！」

俊平は唸った。

外郎は、京の〈外郎家〉という店が売り出したもとは「透頂香《とうちんこう》」と呼ばれる薬だったが、元禄の頃、その京の本家が衰退し、小田原の出店が独占的に製造するようになった。

元《げん》の官吏陳延祐《ちんえんゆう》が日本に帰化した時に伝えたともいい、咽をつかう団十郎にはこの銀の粒が欠かせない。

後になんと菓子もでき、そちらは米粉、小麦粉、蕨《わらび》粉などを湯で溶いて蒸す。甘みには黒砂糖を用いるのが本来のものだが、近頃は白砂糖や抹茶《まっちゃ》、小豆あんで味つけたものもできている。

俊平の前にあるものは、笹の葉でくるんだ羊羹《ようかん》に似たものと、三角形に切ったもの、三角のほうには白い外郎に大納言豆を乗せてある。

「その三角形のもんは、夏にだけ作る〈水無月《みなづき》〉でさァ。ちょうど、夏越《なごしのはらえ》祓に食べようと思ったんで、まあ、沢山《たくさん》あってもいいんです。お好きなだけお食べください」

団十郎が、あらためて俊平に勧めた。

口に入れてみると美味い。

「これは大御所、大したもんだな。いくつでも入る」

俊平は、感心して二つ目に手を伸ばした。

「これが、夏越祓向けというのはよくわかる」

「なんだか、冷たい水を口に含んだようでございましょう」

横で、達吉が俊平に微笑んでいる。

「この外郎も、小田原から来てるのかい」

「ええ、江戸の菓子屋が仕入れているんで。それより柳生様、ちょっとお話が。よろしうございますか」

見かえせば、達吉がふと真顔になって、俊平の袖を引き、目くばせをした。

「じつは、柳生の旦那を見込んでお願いがあるんで」

達吉が、片手をあげて俊平を拝む真似をした。

団十郎が、そのようすをじっと見ている。

「なんだ、達吉。あらたまって」

「いえね、大御所の一身上のお願いなんで。ここじゃァ、ちょっと」

達吉が、そう言って部屋を見まわした。衝立《ついたて》ひとつない大部屋で、小声で話しても誰かの耳に入る。

「穏やかではないな」

「あいすみません、こちらまで」

達吉は、俊平を先導するようにして楽屋裏の大階段を下りていくと、二階、一階と廊下の奥をのぞいていく。

それぞれの部屋から、役者や裏方の声が聞こえてくる。

「どうも、騒がしすぎやす」

結局達吉は、西の下桟敷《したさじき》を渡って一階大向こうに立ち止まると、

「この辺りなら、誰の耳にも入りやせん」

ほっと安堵して、目を細め正面舞台を遠望した。

この辺りからだと、舞台はもちろん芝居小屋全体が大きく見わたせる。

正面の舞台の上では、書板を作ったり、看板の下書きを描いたりと、大道具の男たちはみな忙しそうである。

「じつは、ほかでもねえ。大御所のこれのことなんで」

達吉が、小指を立ててにやりとしてみせた。

「ほう、どうなされた」

俊平の声も、つられて小声になっている。

「水茶屋の娘に狂っておしまいになりましてね。加代《かよ》って娘なんですがね。まったくいい歳をして、まるで魂《たましい》を抜かれたようで、見ちゃァいられません」

「ほう、あの大御所がねえ」

俊平は、千両役者市川団十郎の思いがけない一面を知らされて、にやにやしながらまた達吉を見かえした。

「あんな小娘のどこがいいんだか……」

達吉は苦虫を嚙みつぶしたように言う。

「達吉。おぬし、その娘を見たのかえ」

「へい。柳生様が遊びに行かれた〈浮舟〉からほんの数軒先の、〈小松屋《こまつや》〉って小店の売れっ子なんですがね。大御所、ぶらりと遊びに行って、もう一目で惚れ込んじまって。まったく、どこがいいんだか。女の好みは十人十色《といろ》でさァ」

「まあ、そういうものだろう。だが私は、大御所は芯はまじめなお方だと見ていたんだがねえ」

「たしかにまじめですよ。だからいけねえ。本気で惚れるんです。これまでにも、大御所は、あばずれ女からお旗本のお姫さままで、それこそいろんな女に惚れ込んじまって。そのつど、あっしは気の休まる暇がねえ。これまで、何人妾《めかけ》をつくったか知れませんぜ。ご当人は、芸の肥《こや》しとおっしゃってますがね」

「それで、達吉。おぬしは私にどうしろという」

俊平は黒羽二重の裾に両手をつっ込んだまま、達吉をうかがった。

「大御所が気にしているのは、お内儀のお才《さい》さんなんでさあ。心の広いお人なんですが、こんどばかりは、なぜか悋気《りんき》が収まらねえようで、何度も店に出かけていって、加代の一部始終を四半刻（三十分）も遠くから見て帰って、頭から湯気を立ててらっしゃるんで。お加代のほうも、それに気づいてからは、すっかり怯《おび》えてしまって。そこで、大御所はお加代をどっかに隠そうとお考えになりやして」

「だが、藩邸に茶屋の娘を匿《かくま》うことなどできぬぞ」

「そうじゃねえんで。同じ水茶屋の吉野さんのところに匿っていただくわけにはいきませんでしょうかねえ」

「〈浮舟〉か。それならちょうどいい。だが、私に頼むより大御所が直接吉野に頼んでみたほうが早かろう。大御所は、これまでに何度もお局館を訪ねている。吉野とは、とうに顔見知りの仲だ」

「へい。それは、わかっているんですがね。ああ見えて、大御所はけっこう照れ屋でござんしてね」

「あの、大御所がかい？」

俊平は、あきれてクスクス笑いだした。

あの遊び好きで、なにごとにつけとびきり派手な千両役者が、若い娘を囲おうとしているのが恥ずかしいのか、妙にしおらしい。

「そういうことで、吉野さんにそれとなく先生のほうから話をもちかけていただくわけにはいかねえもんか、先生にお訊ねしてこい、とまあ、大御所に言われまして」

「そういうことなら、頼んでもみるが。だがあの店は、立花屋祥兵衛という人が主でね。吉野の三味線のお弟子さんだ。その人の意向だってあろう」

「むろん、お加代には店は手伝わせますし、給金だっていただきません」

それなら、立花屋も否とは言うまいと思ったが、お加代のいる水茶屋のほうがなかなか手離さないのではないかとも思う。

俊平は顎をつまんでふと考えていると、

「大御所は、お加代のいる店にも心づけをたっぷり弾むと申しておられます。それに、お内儀さんの目が娘から離れるまでの、ほんの一時のことで」

「そうか」

俊平はならば引き受けるとうなずいて、

「それにしても、大御所も困ったお人だ」

と、苦笑いした。

「役者と色事は、切っても切れねえもんなんでございましょうねえ。私も、役者は看板役者から駆け出しの大部屋役者までおおぜい見ておりやすが、あちらの遊びのほうはみな、ずいぶんお盛んのようで」

それからも、達吉の愚痴《ぐち》をしばらく聞いてやって、俊平はまた三階の座主の間《ま》に戻ると、大御所が心配そうに俊平と達吉をうかがっている。

「大御所、話はわかったよ」

笑顔で声をかけると、団十郎はようやく胸のつかえが落ちたように爽《さわ》やかな顔になると、

「先生、このご恩は一生忘れませんぜ」

などと大袈裟な仕種《しぐさ》で手を合わせた。

俊平は苦笑いを浮かべて手を振ると、宗庵の灸で四半刻しっかり体をほぐし、もうひとつ、ふたつ外郎を口に放り込むと、三階の座主の大部屋を離れた。

二

「いやァ、話は簡単に片づくと思ったのだが、けっこう揉《も》めてしまってね。事情を話して加代という娘を〈浮舟〉に置いてもらうまで、ひと騒ぎあったよ」

それから五日ほど経って、柄《がら》にもない世話焼きに手こずった話を惣右衛門に話してきかせると、思いのほか下世話な話の好きな惣右衛門が、面白そうに俊平の話に聞き入った。

「店主の立花屋祥兵衛は、例の旗本との喧嘩沙汰《けんかざた》もあってか、私とはあまりかかわりたくないようすでな。そこをなんとか納得させるため、手こずった。だが、大御所が直接立花屋に頭を下げにいったんで、ようやく話がまとまった」

「ほう、巷《ちまた》では大名よりも千両役者のほうが、顔が利くようでございますな」

惣右衛門がにやにやしながら俊平の話に頷く。

「そのようだ」

俊平は苦笑いして後ろ首を撫でた。

「それにいたしましても、その奥方には恨まれますぞ、殿」

「いたしかたない。歳を重ねていけば、こういう頼まれ事が多くなる」

「はて、殿はまだ三十半ばを越えたばかりではございませぬか」

「うむ?」

「それにしましてもその水茶屋、団十郎から鳥取藩主までをひきつける魅力とは、大したものでございますな」

「そのようだ。そちはまだそういうところに行ったことはあるまいの」

「いえ、それがしもじつは先日」

惣右衛門は、俊平のようすをうかがい、意外な答えをかえした。

「先日、〈浮舟〉に遠からぬ茶屋を通りかかりましてございます」

「通りかかった？　なにゆえじゃ」

「いえ、その通りかかったは正しくはありませぬな。行ってきたと申しましょうか」

「妙なことを言う」

話を聞けば惣右衛門は、近頃とみに老いを感じ、

——新しいことをするのも億劫《おっくう》、
とのことで、これではいかぬと若い娘でも見れば元気が出るはず、と誰かに妙な入れ知恵されたらしく、小姓頭の森脇慎吾に命じて案内させ、はるばる下谷くんだりまで足を伸ばしたという。

「まこと、惣右衛門さまが、そのようなところに行かれたとは、にわかには信じられませぬ」

びわ茶を淹《い》れてきて、俊平も知らぬまにそのまま座り込み、俊平と惣右衛門の水茶屋での一件にひっそり耳を傾けていた伊茶が、あらためて惣右衛門を見かえしてそう

言ったのであった。

驚いたことに、惣右衛門以上にうつむき、頬を染めているのが、さらに伊茶の後から部屋に入ってきて片隅に控えていた慎吾で、悪しからぬ想いを寄せるらしい伊茶に嘲られるのではと気にしているらしい。

「それで、俊平さまも惣右衛門さまも、水茶屋にご満足されておられるのですね」

伊茶に厳しい眼差しを向けられ、俊平は苦笑いを浮かべた。

「いや、私は大御所の用で出かけただけだ。さして面白いとは思わなかったぞ。あの歳ごろの娘は、私にはちと若すぎる。他愛のない話をしておれば、たしかに気も若返ろうが、すぐに退屈してくる」

「ご無理を、なさらなくてもよろしうございます」

「なに、まことだ。それより、池田侯と出会ってしまったことが、なにかよからぬことを呼び寄せそうで、気が重い」

俊平は、渋面をつくって惣右衛門と顔を見あわせた。

「しかし、茂氏さまはそこで茶柱が立ったそうにございます」

どこで話を聞いたか、伊茶姫が微笑みながら言う。

「それが、もっと深刻な話なのだ。あの御仁、池田侯に家宝の茶道具を譲れと迫られて困っておられる」

「それにしても、その鳥取の太守いささか図々しいお殿さまにございまするな」

惣右衛門も、深刻な表情になっている。

「外様大名とはいえ池田家は、御三家《ごさんけ》、御一門に次ぎ、親藩同様の大事な藩。松平姓と葵《あおい》の御紋を許されておられる。私も徳川将軍家につながる久松松平家の出身ゆえ、将軍家との縁を鼻にかけてはならぬと常日頃己を戒《いまし》めているが、あちらはどうもそうではないらしい。我が儘放題でな。初対面の、しかも公方様と敬われている茂氏殿に、彦三郎の茶壺を譲れと執拗《しつよう》に迫っておられるのだ」

「それは、茂氏さまもお困りでございましょう。公方さまはいったいどうなされるおつもりでございますか」

伊茶も浮かれた表情から、一転して深刻な面持ちになっている。

「さてな。池田侯は九百両で買い取ると申されている。お受けなされるか。五千石の喜連川藩にとっては、咽から手が出るほどの金ではあろう。家臣も、領民も、しばし潤《うるお》うことができる」

「まこと、一万石の我が柳生藩にとっても、九百両は大金にござります」

「しかしながらの……」

俊平は、茂氏の心を推《お》しながら次の言葉を呑んだ。

「それにしても、九百両といえば大金。いずこの藩もやり繰りが大変なはずでございます。当節家臣に断りもなく、藩主がそれだけの金を道楽に遣えるものでございましょうか」

惣右衛門が納得できずしきりに首を傾げた。

「鳥取藩もご多分に洩れず財政難にて、家臣はつましい暮らしを強《し》いられていると聞きおよびます」

伊茶も、不思議がる。

「ところが、妙な話を聞いた。なんでもあの藩には、黄金の千成瓢簞なる蓄えがあるというのだ」

俊平が〈浮舟〉で池田吉泰から聞いた話を披露した。

「はて、千成瓢簞でございますか」

伊茶が、目を丸くして俊平を見かえした。

「それは、奇妙な藩でございまする。なるほど、池田家は豊臣恩顧の大名なれば、それを心の拠所《よりどころ》とし、瓢簞を大切にしておるのやもしれませぬが、あまりにあけすけにそのようなことをしては幕府の目にもとまりましょうに」

惣右衛門も呆れ顔である。

「なにせ、姫路宰相などとおだてられたこともある池田家だ。どう振るまっても許されるとでも思っておられるのかもしれぬが、そのわがまま、茂氏どのや我が藩に向けられてはかなわぬ」

「はて、殿。我が藩とは、なんのお話でございます」

惣右衛門が、驚いて俊平を見かえした。

「例の松永弾正の平蜘蛛の茶釜の一件だ。当家が茶釜を隠し持っているのではないか、などと疑っておられた。むろん、一時の戯れ言として申されたのだが、どうもそうした流言は方々から出ておるようだ。惣右衛門、その後その件でなにかわかったことはないか」

「はて、いっこうに。あるいはその茶釜、柳生の庄の陣屋で蔵深く眠っておるのやもしれませぬな」

「まこととも思われぬ」

「それが、まことであれば面白うございますが」

伊茶が目を輝かせ俊平を見かえした。

「姫、そのような話、あろうはずもない。あれば、段兵衛からとうに一報が入っておるであろう」

「あ、その段兵衛さまから今朝、書状が届いておりました……」

伊茶の背後で静かに控えていた小姓頭の森脇慎吾が、慌てて俊平に報せた。

「なに。なぜ早う見せぬか」

「ご報告が遅れ、あいすみませぬ」

俊平に叱られて、慎吾は慌てて文机の上の書状を取りにゆき、急ぎ差し出した。

封を開けて中をみれば、段兵衛らしからぬ達筆で、道中のこと、柳生の庄での歓迎ぶりなど近況を伝えてきている。

さいわい大和柳生では、みなに同門の徒とみなされ迎えられ、日々道場で荒稽古に励んでいるらしい。

「なになに、大和の山里は朝夕空気がシンとして、身の引き締まる思いだそうな。柳生代々の墓に詣《もう》でれば、柳生新陰流の門人としみじみ思えてくるなどとある。大和の柿《かき》の葉《は》寿司《ずし》も、すっかり好物となったそうな」

本家の陣屋でみなの歓待を受ける段兵衛のようすが淡々と記され、俊平は思わず相好を崩した。

伊茶も惣右衛門も、微笑ましく段兵衛の報告を聞いている。

「あ奴め、私などよりよほど里の衆に馴染んでおるわ」

「して、殿。平蜘蛛について何か書いてございましょうか」

歳を重ね、このところとみに気が短くなった惣右衛門が、身を乗り出して俊平を急《せ》かせた。

「おお、書いておるぞ」

俊平は、段兵衛の筆の跡をすばやく辿りながら、末尾近くでにやりと笑うと、そこからはみなにわかるようかいつまんで話をして聞かせた。

「平蜘蛛の茶釜のこと、当地では知る者とてなく、隠しているようすもない。だが、ある若者がこの話に興味を持ち、ならば祖父に訊ねてみると言うてくれた。期待して返事を待っているところと記しておる」

惣右衛門と伊茶が顔を見あわせた。

「お、まだある。追伸《ついしん》だ。その後、若者から返事がもどってきて、祖父はかつてその話をどこかで聞いたことがある、と言ってくれたそうだ。だが、その古老は、それをけっして口外すべきではないと考えているのか、さらなる返答はその若者にさえ避けているという」

俊平はふと吐息し、

「はて、これはあるやもしれぬ」

書状をたたみながら俊平は惣右衛門と伊茶を見かえした。

「さすれば、いろいろ考え直さねばなりませぬな。上様、池田侯と、その茶釜に関心を寄せられている方々がこうも現れては、御家の一大事と受けとめねばなりませぬ」

惣右衛門が深刻な表情で俊平に進言した。

「そういえば、兄はどこかで聞いた話と申して、家光公はその話を沢庵和尚から伝えられたと申しておりました」

伊茶が、ふと思いついたことを言う。

「その話は、先日茂氏殿から聞いたばかりだ。これ以上話が広がってはまずい。頼邦殿は、おしゃべりだ。伊茶どの、兄上の口止めを頼むぞ」

俊平は慌てて釘を刺した。

「心得ました」

「それがしの聞きおよびますところ……」

惣右衛門が、さらに思いついたことがあるらしく、膝を乗り出した。

「そのお話は、私もどこかで聞いた覚えがございます。沢庵和尚は柳生宗矩殿と昵懇の間柄で、宗矩殿がなにかの折に口を滑らせた話を、沢庵和尚が家光公にお話ししたのかもしれませんな」

「そうだとすれば、口の軽いお坊さまでございます」

伊茶があきれたように言う。

「伊茶どの、そう悪く言うものではない。和尚も、ほんの座興として話をされたのであろう。それを家光公は本気に受けとられ、譲ってほしい、と宗矩殿に申されたのかもしれぬ。松永弾正の気持ちを思えば、宗矩さまもかつては織田家と繋がる徳川家に決して献上するわけにはいかなかったのであろう」

俊平は、その折の宗矩の苦しい胸のうちを察してうなずいた。

「さようでございましょうな。織田信長の求めに応ぜず、死を選んでまでも己の意地を貫いた松永弾正の気持ちを思えば、たとえ家光公といえども献上する気にならなかったことでございましょう」

惣右衛門も、同意して言う。

「家光公は、言い出したら後にひかぬご気性をお持ちであったとか。ご自身を信長公にたとえ、家臣の宗矩殿から譲り受けることができぬものか、己の力を試されたのやもしれませぬ。宗矩様もさぞや将軍家との対応に苦慮なされたことでございましょう」

俊平も伊茶の言い分にも耳を傾けた。

「姫は、なかなか深読みをなされる。そう考えてみれば、家光公の放った密偵の目を逃れるため、宗矩様が茶釜をさらに人の目に触れぬところにお隠しなされたことも十分ありうる。とすれば、それだけの秘事、よしんば柳生家に茶釜があったとしても、新参の養子藩主ふぜいが探ったところで、容易には茶釜が見つからぬかもの」

俊平が腕を組み首を振った。

「それにいたしましても、殿。これは驚くべきことでございますぞ」

「困ったものだ。平蜘蛛の茶釜、どうやら人の心を騒がせ、狂わせる魔力があるのやもしれぬ」

俊平はそう言うと、頭をかかえ、もういちど段兵衛からの書状に目を通した。

廊下に足音があり、人影が明かり障子に映って、若党が内庭に面した廊下で来客を告げた。

背後ですでに二つの人影が蠢《うごめ》いている。

貫長と茂氏らしい。

「すまぬな、俊平殿」

障子を開けた若党のすぐ後ろから、貫長がぬっと顔をのぞかせ、にたりと笑った。

小脇に大きな風呂敷包みを抱えている。

「来訪も告げずに、いきなり訪ねてきたが、どうか、許されよ。茂氏殿がほとほと困って、わしに相談してまいられての。わしにも判断がつかぬゆえ、そなたに相談にまいった」

貫長が、廊下に立ったまま困ったように言う。

貫長のそのまた後ろから、さらに大きな体軀《たいく》の茂氏が姿をのぞかせた。

大名二人が供も連れず、前ぶれもなく他の大名家を訪ねるなど、ありえぬ話ではある。俊平は苦笑いして、

「されば、ご両所。お供は、お駕籠《かご》はいかがなされた。それに、どちらからまいられたのだ」

呆れ顔で俊平が問いかけた。

「〈浮舟〉からまいった。急ぎのことゆえ町駕籠を使った。もともと忍びの町歩きゆえ、供はついでに振り切った」

貫長が平然と言う。

だが、若党は、貫長の供も喜連川茂氏の供も、遅れて玄関に到着していると告げた。

「いかに親しき仲とはいえ、お二人はれっきとしたお大名だ。粗相《そそう》があってはまずい。それに、立ち話はいかがなものか。奥に入られよ」

そう言って、廊下に立ちつくす茂氏と貫長を部屋に招き入れ、入れ替わりに伊茶姫が茶を淹れに立ち上がるのを、

「あ、いや。一柳家の姫御前さまに、そのようなことをさせては罰《ばち》が当たる」

と貫長が止めた。

「慎吾――」

俊平が小声で命じると、慎吾は心得たと立ち上がり、

「されば姫さまご自慢のびわ茶、お供の方々にもお出ししておきまする」

ちらと姫をかえりみて、足早に部屋を出ていった。

「いやいや、伊茶どのもこちらとは驚いた。剣術の稽古で柳生道場にお通いとはうかがっていたが、こちらでくつろいでおられるお姿は、まるでご家族のようじゃの」

茂氏は、大きなからだであぐらをかい込んで、俊平の傍らにいる伊茶を見つけて二人の仲を察し微笑んだ。冷やかしと心得たうえで、伊茶が嬉しそうに茂氏に笑みを向けて相好をくずした。

「じつは、あの千成大名めが、また彦三郎の茶壺を買い取らせてほしいと書状を送り

つけてまいりましてな」

茂氏が、用人の梶本惣右衛門にも微笑みを向け、頭を掻いた。

「いやいや、じつにしつこい。断りきるのが容易でないわ。そこで、貫長殿と水茶屋で蒲池焼を見せていただいた折、よい策はないかとご相談した」

「そういうことだ」

貫長がうなずいた。

「水茶屋に行かれたか」

「おお、行ってきた。あそこはなんでも気兼ねなく話せてよい。新しい娘が入っておったぞ」

「加代であろう。あれは団十郎どのが好《す》いた娘だ」

「それは、初耳だ。よいのう、団十郎は」

貫長が、どこかうらやましげに言う。

「それより、彦三郎の茶壺だ」

俊平が二人に話を促した。

「そのこと、我がままな池田吉泰侯での。言い出したらきかぬ。わが喜連川家に残るめぼしい家宝といえば、せいぜいあれくらいのものでな。いくら高値で買い取るとはいえ、あれを金に替えてしまっては、ご先祖に申し訳が立たぬ。貫長殿は、嫌なら断ればよいと申される。柳生殿のご意見もうかがいたいと思い、まかり越した」

茂氏が、重い口ぶりで言った。

「されば、まずは貫長殿のご意見をうかがいたいが」

俊平は、拒んでもよいと強気の貫長に問うた。

「なに、深い考えがあってのことではない。あの茶屋で、すでにそれとなく断っておるのに、無理押ししてくるのは、足利家の血脈を継がれる公方様に対し無礼千万と思うのだ。たしかに三十二万石と五千石では比較にもならぬが、喜連川殿は徳川家の家臣ではない。客分ではないか。それを徳川家の陪臣《ばいしん》の身でありながら、無理押ししておる」

ついこの間まで茂氏に反発し、邪険《じゃけん》な口をきいていた貫長の言いざまに、俊平は苦笑いした。

「まことにございます」

伊茶が、そう言って茂氏に膝を向けた。

「喜連川家にとって、太閤秀吉殿は御家を再興していただいた大恩人。その太閤から贈られた茶壺を大切になされるお気持ちは、豊臣恩顧の大名である池田吉泰さまなら当然おわかりのはず。それを無理押ししてくるのは、我がまま以外の何ものでもありませぬ。両家の間が一時険悪になろうとも、ここは意地を貫くべきかと存じまする。このような話、いずれ時が経てば笑い話となりましょう」

伊茶も、めずらしく強気なもの言いをした。

「ふむ、姫の申されるとおりじゃ」

茂氏の心も、だいぶ定まりかけている。

「そこまでのお覚悟ならば、よい策がある。貫長殿の実家柳河藩には、あれとそっくりの茶壺はなかったかな」

俊平が、ふと思いついて貫長に訊ねた。

「ある。それをさきほど茶屋にてお見せしたところだ。これがそうだ」

「なんだ」

俊平は、伊茶と顔を見あわせた。

貫長が、右脇に置いた紫の大風呂敷をみなの前に置き、結び目を解いて慎重な手つきで桐の箱を取り出すと、その蓋を静かに開けた。

なかから現れ出たのは、およそ十寸ほどの墨色の茶壺である。

「なるほど、見事なものだ。これを柳河藩が御用窯とされた思いがうなずける。それに、お局さまのところで見た茂氏殿の〈地下の茶の湯の壺〉とも変わらぬではないか」

俊平が手に取って壺に見入るようにして言う。

「なんとも、この艶、風合い、名人の作とひと目でわかる逸品でございます」

伊茶も、壺を俊平から手わたされしばし絶句し、惚れ惚れと見入る。

「見事なものよ。立花家は戦国以来の武勇のお家柄と思ったが、のみならず、風雅の道にも通じておられたのだな」

俊平が目を細めて貫長を見かえし唸った。

「公方さま、これと太閤殿下の贈り物である彦三郎の茶壺は、同じものなのでございますか」

「そう申してよかろう。これを水茶屋で拝見し、まるで彦三郎の茶壺と瓜二つで区別がつかなかった」

「これで決まったな。蒲池焼を彦三郎の焼いたものと言って、千成殿に差し出せばよい」

俊平が、にやりと笑って茂氏を見かえした。

「うむ」

茂氏も、笑いかえす。

「これは、とても愉《たの》しい計略にございます。貫長さまも、また茂氏さまも、すでに両方の壺を見ておられます。まこと三人が三人とも区別がつきませんでした。きっと池田侯の鼻があかせましょう」

「吉野も、わからなかった」

茂氏が姫に向かってうなずいた。

「大丈夫でございます」

「そういたそう」

茂氏が、相好を崩した。

「ところで貫長殿、この蒲池焼、いかほどで譲っていただけようかな」

茂氏が、茶壺を手にとり、あらたまった口ぶりで貫長に問いかけた。

「なに、当家の蔵に転がっていたものだ。われらはすでに義兄弟。ただで差しあげる」

「そうはいかぬ。ならば、当家にある彦三郎の茶器をひとつ進呈するといたそう」

「まことか」

貫長が、目を輝かせた。

「むろんのこと」

「ならば、お局屋敷での茶会でいたく気に入った茶碗があった。所望《しょもう》してよいか」

「茶碗ではとても茶壺には代えられぬが、それでよろしいのなら、茶碗三つとお取り替えいたそう。後で、どの茶碗か教えてくだされ」

茂氏が満足げにうなずいた。

「よいお話でございます。これで、茂氏さまと貫長さまの絆《きずな》も深まりました。もはや貫長さま、茂氏さまをいじめてはいけませぬ」

「これ、姫。わしがいつ茂氏殿をいじめた」

「まあ、そうでございましたね」

伊茶が、明るく含み笑った。

「だが、ことが露見した折には、どういたしたらよかろうのう――」

茂氏が、ふと脳裏を過《よぎ》った不安を口にした。

「なんの。そのようなこと。まずはありえぬが、その場合は我ら一万石同盟が茂氏殿のお味方をし、鳥取藩と一戦いたそう。のう、貫長殿」

俊平が、戯れ言のように言う。

「むろんのことだ。我らの禄高を合わせても三万五千石、先方の十分の一だが、なんの、籠城戦《ろうじょうせん》に持ち込めば負けはせぬ」

　貫長が、胸をたたく。

「されば、池田侯には代金はいらぬ、差しあげるゆえ、家臣の方に取りに来させられよ、と返事を書くといたそう」

　茂氏は、うれしそうにそう言ってうなずくと、俊平が慎吾に命じて文机の硯《すずり》と筆を取って来させた。

　それで茂氏は、流れるような筆致で書状をしたためはじめた。

三

　このところ、連日柳生藩邸に鳥取藩から贈り物が届けられる。

　厳重に荷造りされ、添え書きとともに送り届けてくるのは、鳥取藩の産物や刀剣、甲冑《かっちゅう》等の武具である。

　この日も、大きな桐箱に入った白い物が届けられた。

　なにかと思って開けてみれば、動物の骨である。

　箱に添えられた口上書によれば、かつて鳥取地方に生息していて今は死に絶えたらしい巨大生物の骨で、太古の昔山野を跋渉《ばっしょう》していたであろうと書いてある。

「惣右衛門。池田侯は平蜘蛛の茶釜を手に入れぬうちは、いつまでこうした物を贈ってくるのであろうな」

俊平は、贈り物の大きな木箱の蓋を閉めて、あきれたように惣右衛門を見かえした。

「さて、それがしにもわかりませぬ」

「それにしても、珍品にはちがいありませぬが、このような骨を贈られたところで、わが藩としても困ってしまいますな」

巨大生物というだけに、骨はひどく重く、箱のなかは妙な臭いがする。

惣右衛門は俊平に代わって苦虫を潰したように骨の断片を取りあげ、また箱に戻した。

これまでに、黒らっきょうの漬け物、刀剣数振り、大山椒魚《おおさんしょううお》なる鯰《なまず》の化け物のような魚の干し物、伯耆国《ほうきのくに》から出土した土器等々、そして、このたびの巨獣の骨となった。

その下心《したごころ》は、平蜘蛛の茶釜を譲ってほしい一念なのである。

内庭から部屋にもどっても、俊平の顔は晴れない。

「池田侯は、なにやら当藩に平蜘蛛の茶釜があるものと確信しておられるようだな」

「さようでございますな」

こびりついた異な臭いのする泥を懐紙で拭いながら惣右衛門もうなずいた。

「困ったものよ。藩主のこの私とて、あるやもしれぬと報告はあっても、雲を摑むような話で実感がわかぬ。かくなるうえは、あの策を実行するよりないかもしれぬな」

俊平が苦しそうに呻くと、内庭に面した明かり障子の向こうで人の気配があり、小姓頭の森脇慎吾が、

「お庭番《にわばん》の二人が、庭先にまいっております」

と小声で主に報告した。

やおら立ち上がり、俊平が障子を開けてみると、木箱を片づけた庭先で行商人風の男と絣の小袖の女が片膝を立て頭を垂れている。

お庭番の遠耳《とうみみ》の玄蔵《げんぞう》とさなえである。

いずれもよく陽に焼けしており、外廻りをつづけてきたようすがうかがえる。

玄蔵は、将軍家が紀州から連れてきたお庭番十七家のうち、中川弥五郎左衛門《なかがわやごろうざえもん》配下の忍びで、遠耳の玄蔵の異名を取るほどに耳がよく、小さな虫の音《ね》さえ聴きわける。

さなえはその小柄な体と巧みな変装術を活かし、難しい内偵仕事をこれまでもいくつもこなし、頭目中川弥五郎左衛門の信頼を勝ち得ている。

「どうした玄蔵、さなえ。今日は妙に遠慮深いの。そのようなところで控えずとも、ささ、上がれ」

と笑顔をつくって手招きし、二人を部屋に招じ入れると、俊平はひとまず慎吾に茶を用意させた。

二人はまだ恐縮している。

「して、今日は何用だ——」

下座に控える二人に身を乗り出して声をかければ、玄蔵は面を伏せ、しばらく言いにくそうにしていたが、

「なにか、言いにくいことか」

とさらに水を向けると、

「御前も、なかなかすみにおけませぬ」

玄蔵は唐突にそう言うなり、にやりと笑って上目づかいに俊平を見あげた。

「はて、なんのことであろう」

どうやら、水茶屋の一件が、玄蔵の耳にまで入っているらしい。

玄蔵が言いにくそうにしていることを察し、俊平はとっさに惚《とぼ》けてみせた。

「上様からお庭先でお話をうかがいました。なんでも御前は、若い娘を大勢置いたい

ま巷で人気の水茶屋なるところに、公方様とご一緒に遊びに行かれたそうにございますな」

「隠すほどのことではない。たしかに、行った。だが、遊興のためではない。さる知人との縁で招かれたまでだ。だが上様が、なぜそのようなことまでご存じか」

俊平はわずかに眉を曇らせ、うつむきかげんの玄蔵の面をうかがった。

「上様はこのところ、巷の事情にことのほかご関心がおありのようで、御前のお仲間に新たに喜連川様が加わってからというもの、熱心にお仲間のお三人の動向をお訊ねになられます」

「上様も妙なことに関心を持たれたものだ。茂氏殿は、上様のお側近くにたびたび呼ばれているとは聞いてはいたが、そのようなことまでお話し申し上げているとは、こちらもうかうかしておれぬな」

俊平は苦笑いして玄蔵を見かえした。

将軍吉宗は、大名、旗本の上に立ち畏怖《いふ》されているが、どうして友もなくなかなか寂しい思いをされているのか、とふと思う。

「とまれ、上様にとって、御前は剣の師。しかも、久松松平家出身のご一門にて、ことのほか親しいお気持ちを抱かれておられるものとお察しいたします」

「まあ、それは、我が誉れとするところだが……」

俊平が、そう言い苦笑いして玄蔵を見かえせば、じっと真顔で俊平を見ている。

「なんでも、その折にひと暴れなされ、旗本の荒くれ者を懲《こ》らしめられたとか」

「そのことか。傍若無人《ぼうじゃくぶじん》の旗本どもでの、まこと幕臣の面汚《つらよご》しと思うが、私はあまり告げ口は好きでない」

「ならば、お聞かせいただかなくて結構でございます」

「そうか、して、茂氏殿はよもやその旗本どもの名までは申されなかったであろうな」

「いえ、ご安心くださりませ」

「ふむ。では、こたびの上様のご関心はなんであろう」

「その折、御前は鳥取藩の池田様ともお会いになられたとか」

「うむ、会うた。じつはな、平蜘蛛の茶釜をめぐってちと困ったことになっておる」

俊平は、将軍吉宗の関心事がようやく理解できたと思った。大名間の争いに発展せぬものかと危惧《きぐ》しているらしい。

玄蔵に池田吉泰との経緯を、隠すことなく話してきかせた。

「まあ、ご心配いただくほどのことではないのだ」

「ところで、御前。かの松永弾正久秀の茶釜でございまするが……」

上目づかいに玄蔵は俊平を見あげた。

「釜が当家にあるか否かということか。それさえ、さだかではない。されば、上様も茶釜にご関心をいだかれておられるのか」

「いや、ほんの座興で、ご側近と語りあっておられるそうにございます」

「ご側近か」

俊平はふと、御側御用取次有馬氏倫を思った。

「そうしたお話は、身分の上下とは関係なく、興味をそそられるようで、じつはしばらく前のことでございますが、お庭番の間でもこの事、話題になっておりました。紅葉山《もみじやま》の御文庫に残る伊賀者《いがもの》の古い調書《しらべがき》にも、その件について記録が残っており、かつてこの件でだいぶ探索していた形跡がございます」

「ほう、そのような記録が残っておるのなら、私も見たいものだ」

「影目付《かげめつけ》をご拝命の柳生様のお求めとあらば、むろんお見せすること、やぶさかではございませぬが、その当時の伊賀者が探っていたのが、柳生様であったようなのでございます」

玄蔵は、そこまで言って口ごもった。

「なに、柳生家を探っていたのか」

俊平は、目をむいて玄蔵を見かえした。

「はい」

玄蔵が、すまなそうに面を伏せ短く応じた。

「今の柳生藩とはまったく関係のない話で、悪く思わないでくださいまし」

「そうか。おぬしに迷惑をかけるわけにはいかぬ。ならば読まぬとしよう。それにしても、そのようなことがあったとは、ついぞ知らなかったぞ」

「それより、解《げ》せぬのは、池田侯にございます。なにゆえ、弾正久秀の平蜘蛛の茶釜に、それほどご執心か」

「はて、それが私にもわからぬのだ。とまれ、なんにでも凝《こ》るお方とのこと。能面を八百枚、集めたことがご自慢であった。茶器にも凝っておられるようだ」

「やはり、お噂どおりのお方でございますな」

玄蔵は、さなえと顔を見あわせ、重く吐息した。

慎吾が茶と菓子を盆に乗せてくる。俊平はお局館で食べて気に入り、慎吾に買いに行かせた羊羹を二人に勧めた。

いつも遠慮深いさなえだが、今日はめずらしくその羊羹に早々に口をつけた。

「おお、さなえに喜んで食べてもらってよかった。よければ土産に一本持っていけ」

俊平が、笑いながら声をかけた。

「とんでもございません」

さなえは、赤面してうつむいてから、

「柳生様、それより鳥取藩はお庭番の間でも問題の多い藩で通っております」

甘い物で口が滑らかになったか、さなえが珍しく饒舌《じょうぜつ》になって言う。

「問題が多い……？」

「はい」

「つまり、鳥取藩池田家は、困った外様大名なのでございまする」

玄蔵が、さなえに代わって言った。

「財政の改革はいつまでたっても手つかず、城下の風紀も乱れております」

「そうであったか。池田家は親藩も同然と聞いていたが、幕府も手を焼いていたとは知らなかった」

俊平は、意外そうに二人を見かえした。

池田家の歴史を思い返せば、さもありなんと思えるフシもある。

池田家は姫路宰相などと呼ばれ、松平姓、葵の定紋の使用さえ許されて、外様大名のなかでは随一の親徳川の大名とみなされてはいるが、池田氏はもともと美濃の豪族で、織田、豊臣に仕《つか》え、徳川とは時に激しく争った大名である。豊臣秀吉と徳川家康が激突した小牧長久手《こまきながくて》の戦いでは、池田恒興が徳川方を追撃して敵地に深入りし、命を落として、一時は家の絶える危機にみまわれている。

その後、関ヶ原の戦いは変わり身の早いところをみせて、東軍につき、かろうじて命脈《めいみやく》を保った。

大坂の陣の後、池田輝政は福島正則《ふくしままさのり》らがお取り潰しの憂き目に遭うところを、家康の姫を継室に迎えることで巧みに逃げきった。

輝政の死後、姫路藩の遺領は長男の利隆《としたか》が相続し、一部は、弟の岡山藩主忠継《ただつぐ》に分与された。利隆の没後、嫡男光政《みつまさ》は幼かったことから、鳥取藩へ移封《いほう》となった。一方、岡山藩は忠継の没後、弟の忠雄《ただかつ》が家督を継ぎ、さらに嫡男光仲《みつなか》が後を継ぐも、幼少を理由に、今度は、鳥取藩の光政と入れ替えられた。

「池田家は世渡り上手《じょうず》で、戦国の世をしたたかに生き延びてまいりましたが、それだけに我慢を重ねておるものとも思われ、あるいは徳川家に対していまだに深い遺恨《いこん》を残しておるやもしれませぬ」

このところの口癖で、惣右衛門が物知り顔で言う。

「そうであったか。したたかに生き延びた外様大名、それぞれに腹に秘めているものがあるのであろうの」

「さようでございましょう」

玄蔵がうなずいた。

「吉泰公は、腰に酒を入れた千成瓢箪をぶらさげて溜飲《りゅういん》を下げておられたが、あれは豊臣恩顧の大名であることを誇示なされておられるのやもしれぬな」

「御前、こんな話も耳にしております」

玄蔵が、身を乗り出して言った。

「鳥取には、神君家康公を祀《まつ》る東照宮《とうしょうぐう》がございますが、配神として池田忠継、忠雄、光仲を合祀《ごうし》しております。先祖の藩主を神君家康公と併せ祀るは不遜《ふそん》の極みとも申せましょう。これも池田家代々の反骨の表れと存じます」

「東照宮に、池田家の歴代藩主が神として祀られているか」

俊平は、惣右衛門と顔を見あわせて唸った。

「これはうがちすぎた見方かもしれませぬが、池田侯は心のどこかで、ご自身を信長公に反抗して爆死した松永弾正になぞらえ、平蜘蛛の茶釜で茶を点て反骨の心を讃《たた》えるつもりかもしれません」

玄蔵が言う。

「なるほど、それはございりましょうな」

惣右衛門も同意した。

「玄蔵、そのあたりのところが気になる。さらに鳥取藩を調べてはくれぬか」

「心得ましてございります」

「それと、さなえ。お局の吉野が気がかりだ。池田吉泰殿に言い寄られて困っておる。なにごとかあってはならぬ。それとなく気を配ってやってはくれぬか。困っているようすであれば、いつでも報せてくれ」

「あいわかりましてございります」

さなえは、そう言って玄蔵とともに、あらためて両手を合わせて俊平に平伏した。

「そうそう、さなえ、土産の羊羹だ。忘れるな」

俊平は、さなえにもういちど念を押すと、さなえは遠慮がちに微笑み返した。

四

「大丈夫であろうかの」

俊平は喜連川茂氏のもとから届けられた古天明の茶釜を繁々《しげしげ》と眺め、心配そうに梶本惣右衛門に訊ねた。

どうやら茂氏が池田吉泰に贈った〈彦三郎の茶壺〉が無事先方に届き、返礼の書状が届いたと聞き、俊平はいよいよ下野国佐野産の古天明の茶釜を〈平蜘蛛の茶釜〉と偽って、池田吉泰に贈るつもりになっていた。

――よい出物ではござらぬか。

と茂氏に訊ねたところ、茂氏の屋敷から使いの者が来て、

――ちょうどよい古天明の茶釜が手に入ったのでそれをお届けする。

と返事があり、使いの者が古びた桐の箱に納められた茶釜を置いて帰ったのである。

添え状では、喜連川家の茶壺も蒲池焼とわからなかったのでござる。この平蜘蛛風の茶釜もわかるものではありませぬ。ま、その代わり、代金はけっしてお受け取りなされますな。偽物を売りつけたことになりまする。

積極的に俊平に勧める茂氏の言葉が書き連ねてある。

「だが、偽物と発覚せねばよいがの」

俊平が躊躇するところ、

「池田侯の強欲がことの発端でございます。柳生家にそのような物があれば、そも大

変なお宝でございます。それをいきなり譲れとは図々しすぎましょう」

惣右衛門は、怒りを嚙みしめて言う。

「池田侯には、これが蔵から出て来た、松永弾正の平蜘蛛の茶釜かどうかはわからぬが、よろしければ差しあげると贈られればよろしいのです」

「うむ」

そうこうして、俊平が添え書きをしたためはじめたところ、水茶屋〈浮舟〉の茶屋娘三人が、藩邸を訪ねてきて門衛を通じ、

――ご藩主柳生さまの御用人に、お届けしたいものがあり、うかがいました。

と目どおりを願っているという。

惣右衛門が応対に出てみると、朱美と梢、それにもう一人、絣の着物に紅い前掛けを着けた娘が門衛と話し込んでいるところであった。

新しい娘は、団十郎の入れあげている加代にちがいなかった。

「それで、どのような娘だったのだ」

俊平が、もどってきた惣右衛門に訊ねると、

「団十郎が入れあげるのも無理からぬことと存じまする」

惣右衛門が言って小さくうなずいた。

さらに詳しく惣右衛門から話を聞けば、三人の茶屋娘が惣右衛門にとどけたものは、俊平宛ての吉野からの書状であったという。

水茶屋の娘が、いきなり藩主に面会を求めても門衛に取り次いでもらえまいと一計を案じた吉野が、それなら、惣右衛門に、と三人に託したのであった。

「それで、その娘ら、もう帰ったのか」

「いえ、それが……」

話を聞けば、惣右衛門は吉野から俊平宛ての書状を受けとって娘に帰るようにいったが、稽古を終えた伊茶が引き止めて、なにやら話し込んでいるようすであったという。

「俊平さま――」

廊下で声があって、

「せっかく訪ねて来られたのです。こちらまでお招きしてはいけませぬか」

伊茶が、そう言って三人を廊下に立たせている。

「それはかまわぬが、おお、よければ、こちらにまいれ」

俊平が、朱美と梢、それに加代という娘を部屋に手招きをして入れると、二人がさっそく加代を俊平に紹介した。

加代はどうして思いもよらぬ美形で、清楚《せいそ》で初々《ういうい》しさの残る二十歳にも届かぬ娘であった。

「話は達吉から聞いているよ。あの店なら、吉野がしっかりしている。安心してはたらくといい。大御所は来られるのかい」

「はい」

加代は真っ赤になってうつむいた。

朱美の話では、団十郎はほとんど毎日のように訪ねてくるという。

「して、女将は息災か」

「じつは、女将さん、塞《ふさ》ぎ込んでおられます」

朱美と眉をひそめた。

なにやら、話は深刻らしい。

千成大名池田吉泰がその後もたびたび店を訪ねてくるそうで、そのたびに部屋を変えてそれぞれの小部屋に据えた古天明の茶釜を見て帰るという。

だが、朱美に言わせれば、吉泰の〈浮舟〉詣《もう》での目的は別にあるという。

「茶釜だけなんて、ぜったいにない。お目当ては女将さんです。すっかりお気に召されたようなんです」

朱美よりちょっとだけ歳嵩《としかさ》の梢が心得たように言う。

「ほう。あの吉野にの」

俊平は、あきれたように惣右衛門と顔を見あわせた。

「じつは、内々に側室のお誘いもあるようなんです」

梢が言う。

「まことども思えぬ」

「それで、吉野さまのお気持ちはいかがなのです」

伊茶が女の立場から、吉野の本心を質《ただ》した。

「女将さんは、大名の側室なんていや。今さら堅苦しい御殿暮らしなど、まっぴらご免とおっしゃっています。鳥取の殿様も誇りを傷つけられたごようすで、だんだんむきになっておられます」

朱美がそう言って、梢とうなずきあった。

さらに梢が言うには、ここ数日池田吉泰はほぼ連日のように長居して、大金を女たちにふり撒くは、主の立花屋祥兵衛を呼び出し、逃げまわる吉野に多額の贈り物を届けさせたりで攻勢は強まるばかりという。

「近頃はだんだん意地になられて、断ればこの辺りにはおられぬようにしてやるなどと、家臣を通じて立花屋さんに凄む始末で」

「まるでやくざ者同然の口をきくとはな。あきれた大名だ。それでは、余計に吉野に嫌われように」

冷静に話を聞いていた俊平が、憤然とした。

「女将さんはもう、死んでしまいたいとまで言っておられました」

「かわいそうな吉野さま……」

伊茶も同情して眉をひそめた。

「そのうえ、ちょっと厄介なことが起こっております」

梢が言う。

「なんだ、厄介なこととは」

「それが……、女将さんは、ちょっとまずいことを言ってしまったのです」

朱美が言った。

「まずいこと……?」

「俊平さまのもとに、側室にあがる話が出ているなどと」

「これ、それは真《まこと》か」

俊平は、あきれて朱美を見かえした。

「あの、それは真なのでございますか……？」

梢が、上目づかいに俊平をうかがった。

「冗談ではないぞ。そのようなこと、言うたおぼえはない」

「しかし、女将さんのほうは、なんだか言った後で、嬉しそうにしておられました」

「これは、瓢箪から駒。よい話ではござりませぬか、殿」

惣右衛門が、面白そうに膝を乗りだした。

伊茶姫が、きっと惣右衛門を見かえした。

「なにが、よい話だ。惣右衛門。とんでもない話だ」

「は、はい」

惣右衛門は、伊茶姫をうかがい口をもごつかせた。

「しかしながら、阿久里さまとお別れになってからというもの、それがし、お一人身の殿がいささかおかわいそうに思うておりました」

惣右衛門がしみじみと述懐《じゅっかい》した。

「さようでございます」

伊茶が話を合わせた。

「身の周りのお世話をする女もおらぬでは、とてもご不自由でございましょう。吉野さまなら、人柄もよく存じております。とりあえず、そのお話をおすすめなされてみてはいかがでございます」

伊茶姫は、そこまで一気に言って、ぷいと俊平に顔を背けた。

「伊茶どの、私にそのような気は毛頭ない。誤解されては困る」

俊平が困ったように伊茶を見かえすと、三人の茶屋娘は俊平と伊茶姫の関係がわからず、話のやりとりに首をすくめている。

「はて、それにしてもこれは困ったことだ」

俊平は渋面をつくり、あらためて吉野からの書状を開いてみると、大奥仕込みのたおやかな筆はこびで、

——もはや難を逃れる手だてはございませぬ。俊平さまさえよろしければ、ご側室になりとうございます。

などと、恋文同然の妙な告白の文字が躍っている。

「吉野め、戯《たわむ》れが過ぎるわ」

俊平は通読し、唇を歪《ゆが》めて書状を惣右衛門に突き出した。

「されば、拝読させていただきます」

「早う、読め」

惣右衛門は丁重に書状を受けとり、さっと目を通すと、

「これは、なんとも驚きでございますな」

「いったい、なんと書いてあるのでございます？」

伊茶が眉をひそめ、惣右衛門の顔をうかがった。

「なに、その、これはすべて冗談でございます」

「吉野の戯れ言を、真《ま》に受けることはできませぬぞ、姫。追い詰められて、我が殿に支援を求めておるのでございます」

惣右衛門がそう言ってこそこそと書状をたたんだ。

「俊平さま、私も拝見してよろしうございますか」

俊平の許しもないまま、伊茶姫は惣右衛門の手から吉野の書状を奪いとると、一気に通読して顔面を蒼白にした。

「これは、まさに恋文ではござりませぬか」

「まあ、そういうものらしい。だが吉野の本心は、つまりなんとか助けてくれということであろう」

「助けを求めるために、なにゆえ恋文を書かねばならないのでございます。俊平さまは、吉野さまのお気持ちに気づいておられたのですか」

「いや、その、まんざら悪い気をしておらぬことは知っておったが、やはりこれは、戯れ言であろう」

俊平は背を反らしてふうと吐息し、手を振った。

「いいえ、そうとは思われませぬ。私も女の身なれば、本気で恋しいと思うておらねば、このような文は綴れませぬ。池田侯に追い詰められ、ついに吉野さまの本心が出たのでございましょう」

「これは困った。誤解されては困る」

俊平は二人を見かえし、困ったように苦笑いした。

「殿、どうなされます。吉野どのをご継室に迎えられますか」

「これ、惣右衛門。そちまで何を言う」

「さようでございます。そこまで思いつめておられるのなら、吉野さまが不憫でございます。それに池田侯の魔手からのがれる手だてはないように思われます。ご側室になさり、お救いになさるのがよろしかろうと存じます」

伊茶が、言葉とは裏腹に、俊平にきつい目をして言う。

「そのようなことはできぬ、あっ、それより」

俊平は、ふとあることを思い出し、話題を変えた。

「大御所のことだ。加代、どうだ仲良くやっておるか」

いきなり話を向けられ、加代は俊平と伊茶を見かえした。

「それが、大変なのですよ。団十郎さまは、毎日、楽屋の衣装小屋からいろいろな行商人の衣装を引っ張りだしてきて、とっかえひっかえ着てまいられます。初めのうちはどなたがいらしたのかわからず、新しいお客さまが入れ替わり立ち替わり来られるとばかり思っておりました」

加代が困ったように言う。

「さすが、千両役者は変装がお上手でございます」

「ほんとうに」

朱美と梢が、そう言ってうなずきあっている。

「はは、さすがだの、大御所は」

俊平は、伊茶を盗み見て話題が移ったことを喜んだ。

「俊平さま、さきほどの吉野さまのお話でございます。わたくしは、いっこうにかまいませぬのでご承知おきを。殿方というもの、女人なくしては落ち着かぬものと聞いております。あ、三人にお茶を淹れてあげましょう」

伊茶姫は、そう言って強張《こわば》った顔で立ち上がり、ちらと俊平を見かえし小走りに部屋を立ち去っていった。

五

俊平が惣右衛門を伴い、くだんの水茶屋〈浮舟〉を訪ねたのは、それから十日ほど後のことであった。

鳥取藩主池田吉泰に偽の平蜘蛛の茶釜を贈り、礼状も届いたが、なにゆえ代価を受けとられぬかと疑念を伝えてきて冷や冷やしていたところ、茂氏から、

——贈った蒲池焼の茶壺が、池田吉泰から送り返されてきた。至急〈浮舟〉までお越し願いたい、

との書付が届き、俊平は急遽《きゅうきょ》約束の刻限に〈浮舟〉に向かったのであった。

迎えに出た吉野に、加代への配慮に礼を述べると、

「それより、お待ちかねですよ」

と、首をかしげて吉野は奥の茶室をうかがった。

いつもの若い江戸《えど》留守居役《るすいやく》を壁際に控えさせ、茂氏はいつになく深刻な表情でひとり茶を呑んでいる。

「おお、柳生殿。まいっておりましたぞ」

「公方様も、ずいぶん変わったものだの。私があれこれ連れまわして、すっかりお人柄を変えてしまったやもしれぬ」

俊平が、深刻そうな茂氏と、寡黙《かもく》な留守居役をなだめるように軽口をたたくと、

「いやいや。このような派手な遊び場、私の性にはあまり合っておらぬ。それより、情けないことになった。これをご覧あれ」

茂氏は、小脇に置いた二つの桐箱に手を添え、まず小さな木箱の蓋を開け、なかから粉々になった茶壺の破片を取り出した。

「池田侯は、怒っておるようだの」

俊平はその壊れ物の凄まじさに固唾《かたず》を呑んだ。

書状が添えてある。

——せっかくいただいたが、もろい土器ゆえ、すぐに壊れた。残念だがお返しする。併せて、こたびの返礼に、下野国にて産する古天明の茶釜を差し上げる。これは天下の名器平蜘蛛の茶釜と瓜二つと贈り届けてこられた方のものである。

とある。

大きなほうの箱に入っているのは、明らかに俊平の贈った偽の平蜘蛛の茶釜である。

「はは、バレてしまったようだ」

俊平は苦笑いして、大きなほうの桐箱のなかをあらためた。

贈った古天明の茶釜が、底にへばりつくようにして這いつくばっている。

おそらく池田吉泰は、茂氏が贈った茶壺が、じつは彦三郎の茶壺ではなく蒲池焼であることを知って激怒し、たたき割ったうえ、俊平の贈った茶釜をも偽物と見てとって毒づく書状とともに送り返してきたのであろう。

俊平と茂氏の計略は、とうに読まれてしまっているらしい。

「それにしても、なにゆえこれが蒲池焼とわかったのであろうな」

俊平は、粉々に砕けた茶壺の断片をもういちど手に取って言った。

「貫長殿には申しわけないが、じつのところ蒲池焼の作品の出来は彦三郎の作とはずいぶん差があってな。元祖彦三郎は太閤殿下が惚れ込んで朱印状まで与えた天才肌の陶工であった。今の蒲池焼の作者もその作風を伝えてはおるが、出来のちがいは見るものが見ればはっきりとわかる。あの千成大名め、さすがに目が肥えておったようだ」

「なるほど、されば私が贈った茂氏殿の古天明の釜も、だいぶようすがちがっていたのであろうな」

「おそらく、そうであろうよ」

茂氏も、溜息混じりにうなずいた。

「だが、やはり腑《ふ》に落ちぬぞ。柳生殿」

「あれはあれで、なかなかの出来であった。それにあのお方とて実物を見てはおらぬはずだ。どうして偽物と知ったか」

茂氏が首を傾げた。

「それは、どういうことです、柳生殿」

「察するに、池田侯は平蜘蛛の茶釜がどういう姿かたちをしており、どのような大きさがあったか、そうした記録を持っているのやもしれぬと思うのだ」

茂氏が、俊平の茶釜を取り出し、もういちど眺めまわして言った。

「はて、もしそうであれば、あの瓢簞大名。いったいどのようにしてそれを知ったか」

「さて、そこまではわからぬ」

茂氏は、そこまで言って残念そうに口をつぐんだ。

「あの、柳生さま……」

団十郎の想い人加代が部屋をのぞいて、俊平に声をかけた。梢も朱美も一緒である。

「なんだい、加代ちゃん」

「女将さんが、折り入ってお話があると言っています」

「あのことよね」

隣の梢が朱美と目くばせして、含み笑いした。

「あのこととは?」

俊平が、怪訝そうに三人をうかがった。

「柳生さまは、女難の相があるそうです。浮気もできそうにもありませんと」

朱美が、また梢と顔を見あわせて笑う。

「吉野がそう言ったか」

俊平は苦笑いした。

「昨日、武家の奥方さまと伊茶姫さまが、吉野さんを訪ねてきたんです」

「はて、武家の奥方といえば……」

俊平は思いをめぐらした。

「されば話を聞こう。吉野はどこにおる」

「帳場です」

俊平は、そう言う加代を促し、茂氏には短い間、席を外すと断って、奥に向かった。

吉野は、帳場に座って算盤《そろばん》を弾いているところであった。なかなか、水茶屋の女将がどうに入っている。

「俊平さま、私の咄嗟《とっさ》の出まかせが、あちこちでご迷惑をおかけしているようですみません」

吉野は俊平を迎え、すっかり意気消沈《いきしょうちん》して言う。

池田吉泰に迫られ、とっさに俊平のもとに側室にあがるなどと言ってしまった一件である。

「そのようだな」

俊平は苦笑いし、冗談に怒った顔をつくってみせてから、

「なに、苦しまぎれで言ったこと、悪いのはそなたではない」

「でも、ほんとうは……」

吉野はくすりと笑って、

「俊平さまのところにならいつでも参上したいのですが……」

俊平が本気で怒っていないのを知って、すがりつくように身を寄せていく。

「はは、冗談であろう」

俊平は、吉野を抱き寄せその顔をうかがった。

「それより、昨日は伊茶姫さまばかりか、阿久里さままでお越しになったので、いったいなにごとが起こったかと驚きました」

伊茶は、たびたびお局方に請われてびわの葉の治療をしている。阿久里も、吉野の下《もと》で三味線の稽古をつづけている。それゆえ二人が昵懇であることは承知していたが、あらためて考えれば妙な組み合せであったと言う。

「私の偽りの側室話から、お二人を動かしてしまったようです」

吉野は、またすまなそうに頭を下げた。

「それで、二人は何をしに来たのだね」

「お二人揃って、私に俊平さまをよろしくと」

「はは、冗談のような話だ」

吉野は笑いながらも困っているようであった。

「だが、なにゆえ阿久里までも」

「お話をうかがっておりますと、伊茶さまは、俊平さまのお気持ちがわからず、なにゆえ俊平さまが私を側室に迎える気持ちになったか、阿久里さまにご相談なされたようなのです。それで、阿久里さまは俊平さまによかれと伊茶さまを説得なされたようで」

「それにしても、伊茶姫どのが阿久里に相談とはの」

俊平は、ふっと溜息をつくと、帳場の脇に心配顔の茂氏が立っている。

「ご無礼とは存じましたが、話を立ち聞きしていましたぞ、柳生殿。失礼ながら、阿久里どのとは、松山藩の松平定武《さだたけ》殿のご正室であられましたな」

「さよう。阿久里は私のかつての正室にて、柳生藩に養嗣子として迎えられる折、幕府に別れを強要された」

「幕府は、なんとも酷いことをしたものだ」

茂氏は、憤慨《ふんがい》して思わず声を荒らげた。

「阿久里なら、私の気持ちがわかっていると思い、姫は相談されたのであろう」

俊平は、冷静さをとりもどして言う。

「阿久里さまは、私があれは咄嗟の逃げ口上と申し上げましたが、信用なさらず、ずっと姫さまを説き伏せておられました」

「はて、とんだ誤解だが、どう説いたのであろう」

「阿久里さまは、俊平さまも殿御ゆえ、女人が御側におらねば辛ろうございましょう。それに、藩としてもお世継ぎは必要と」

「それは、惣右衛門も言うていた言葉だ」

「まあ嬉しい。惣右衛門さままで」

「さよう。男というもの、女人はなくてはならぬもの」

茂氏が、妙にわけ知りな口調で言うと、俊平は苦笑いして茂氏を見かえした。

「これ、茂氏殿。私はそれほど女人に餓《かつ》えてはおらぬぞ。剣に生きる者、色欲を断つことができねば修行などはできぬ」

「まあ、それでは、厳しすぎましょうに」

吉野が、残念そうに俊平を見かえした。

「して、伊茶どのはどう言葉を返しておられた」

「しばらく黙り込んで悲しげにしておられましたが、ようやく思い定められたか、俊平さまのお為になることならと、お覚悟を固められたごようすでした」

「なんとも、けなげな姫よの」

茂氏が、感心してうなずいた。

「いまひとつわからぬ。それで吉野、二人はそなたのもとには、何をしにきたのであろうか」

「おそらく、人柄をいまいちど確かめたいと。お二人とも、私のことがどうもわからなくなったようなのでございます。いつの間に俊平さまとそれほど親しくなっていたのか、いきなり水茶屋の女将におさまったことも、疑念を生んだようで。どういう人なのかなどと疑っておられたようです」

「さては、吉野をしたたかなあばずれ女とみたか。あの二人は、世間に疎《うと》い姫さまと奥方さまだ。だが気にするな。そなたは女ながら、しっかり自分の足で立ち逞《たくま》しく生きておる」

「まことよの。吉野どのは逞しい。わしは、そなたのような女人が好きだ」

茂氏が、深くうなずいて吉野を見かえした。

「まあ、俊平さまが駄目でしたら、茂氏さま、あたくしをご側室に」

吉野が、ちょっと浮かれた口調で言った。

「それは、まことか」

「公方さまが、よろしければ」

「これは、胸が高鳴るの」

「でも、気が引けるところもございます」

「なんだ、吉野」

茂氏が面《おもて》を曇らせた。

「喜連川家は、名家中の名家。いろいろと難しいしきたりもございましょう。あたしなどには、とてもお屋敷勤めは」

「なに、そなたは大奥で行儀作法をしっかり修めておる。あの大奥で過ごすことのできたそなたなら、難しいことなどない」

「まあ」

吉野も、目の色が変わり、しだいに本気になりはじめている。

「でも、猪の出る山のなか――」

「はは、吉野は猪が嫌いか」

俊平が、吉野の頰をつついた。

「見たこともございません」

「ならば、国表に帰る折に、いちど下野のどこぞの湯巡りでもいたそう」

茂氏が、吉野を抱き寄せる。

「まあ、ほんとうに？　俊平さま、公方さまのほんとうのお気持ちを教えてくださいまし」

「この人は、嘘をつかぬ。本気だよ」

「まあ、ならば、しばし考えさせていただきます」

吉野はうつむいてから、上目づかいに茂氏の大顔をうかがった。

加代も朱美も、にやにや笑っている。

第四章　挑戦

一

「ちと、まずいことになったの、俊平」

八代将軍徳川吉宗は、将棋盤から面をあげ、重い吐息とともにそう言うと、俊平が苦笑いするばかりなので、また話を切り出しにくく将棋盤に目をもどした。

このところ、剣術指南役として出仕するたびに、吉宗はこの中奥《なかおく》将軍御座所にて稽古の後俊平に将棋の相手をさせている。

腕前は、吉宗もめきめき力をつけてはいるものの、まだまだ俊平が〈角落ち〉ほど上で、剣術指南役と門人ほどの差はなく、格好の将棋仇となっているのであった。

ちなみに吉宗の将棋好きは、尊崇する初代将軍徳川家康同様で、年に一度、十一月十七日を〈御城将棋の日〉として、将棋道の三家、大橋本家、大橋分家、伊藤家の棋士らを城内に呼び、御前対局を行わせるほどであった。

「承知いたしました。上様、待ったは一度といたしまするぞ」

俊平は、手短にそう応じてパチリと決めた妙手を、やむなく盤面から引っ込めた。

「いや、そうではないのだ」

吉宗はふと眉をひそめて、盤面から面を上げた。

「と、申されますと……」

俊平は、初めて思いちがいしていたことに気づき居ずまいをただした。

「ほかでもない、鳥取藩池田吉泰のことじゃ」

「はい」

俊平はあらためて吉宗を見かえし、じっと将軍の次の言葉を待った。

「じつは、昨日のことだが、氏倫がまいっての」

氏倫とは、吉宗が紀州藩主であった頃からの側近有馬氏倫のことで、将軍として吉宗が江戸城に入ってからは御側御用取次として今や老中を凌《しの》ぐほどの力を身につけ、このところ幕閣の政策はほとんどこの男を通して吉宗に上げられるかたちとなっている。

「巷《ちまた》では茶釜争いを面白がる者も多いなどと申すのだ。なんのことかと思えば、ちと吉泰の平蜘蛛の茶釜を巡るが争いが起こっておるという」

吉宗は苦笑いしながら、小姓に向かって小さく顎をしゃくった。

まだ月代《さかやき》も剃らぬ幼顔の小姓が、平伏して立ち上がり、きびきびと文机まで歩を運んでいくと、畳んだざら紙一枚をそろそろと持ってきた。

それは、一枚の大胆な構図の絵草子《えぞうし》であった。

「面白いものじゃぞ。目を通してみよ」

俊平は、言われるまま小姓からそれを受け取り、さっと目を通した。

なんと平蜘蛛の茶釜をめぐり、鳥取藩主池田吉泰と柳生俊平、喜連川茂氏が三つ巴《みどもえ》になって刀を振りかざす姿が、紙面いっぱいに描かれている。

場所は、街道沿いの峠道《とうげみち》らしく、茶屋も見えている。

「〈鍵屋《かぎや》の辻《つじ》の決闘〉をなぞらえておるわ。もはや大昔の話となったが、あの仇討ち事件は、外様大名と直参旗本の睨み合いにまで発展したものであった。たしか、鳥取藩に与《くみ》した剣客荒木又右衛門《あらきまたえもん》は、柳生新陰流を修めておったな」

「さようにござりました」

俊平は、襟を正してうなずいた。

絵草子の作者は、この名だたる仇討ち事件の当事者であった鳥取藩池田家と荒木又右衛門の柳生新陰流の新たな対立点として、このたびの茶釜をめぐる争いを、〈鍵屋の辻の仇討ち〉になぞらえ面白おかしく煽《あお》り立てているのであった。

俊平は、寛永《かんえい》十一年（一六三四）に起きた〈江戸の三大仇討ち〉のひとつに思いを馳《は》せた。

寛永七年（一六三〇）夏、当時岡山藩主であった池田忠雄が寵愛する小姓渡辺源太夫《わたなべげんだゆう》に、藩士の河合又五郎《かわいまたごろう》が横恋慕《よこれんぼ》したが、源太夫は拒否、これに逆上した又五郎が源太夫を殺害してしまったのであった。

又五郎は、藩主の復讐を恐れて江戸に逐電《ちくでん》、知り合いの旗本安藤次右衛門《あんどうつぐえもん》を頼った。

激怒した藩主池田忠雄は、幕府に又五郎の引き渡しを求めた。

だが次右衛門は、旗本仲間と語り合って、これを拒む。そうしているうちに、対立はついに外様大名と旗本の面子《メンツ》をかけた争いに発展していた。

数年後、池田忠雄は無念の思いを残し、死の床に就く。

死に臨んで、忠雄は又五郎を討つよう子の光仲に言い遺した。

家督を継いだ光仲に、幕府は幼少のため領地は治めきれぬと、鳥取に国替えを命じる。むろん、政治的配慮があってのことである。

一方で幕府は、喧嘩両成敗と河合又五郎に江戸追放を命じた。

だがこれで、両者の争いが決着したわけではなかった。

源太夫の兄渡辺数馬《かずま》が仇討ちに名乗りをあげる。この時、剣の腕に自信のない数馬は、姉婿の郡山藩《こうりやまはん》剣術指南役荒木又右衛門《あらきまたえもん》に助太刀を依頼した。

数馬と又右衛門は、仇又五郎の行方を探しまわり、ついに寛永十一年、河合又五郎が奈良《なら》に潜伏していることを突きとめる。

ふたたび江戸に逃れようとする又五郎を数馬らは伊賀路《いがじ》で待ち伏せ、ついに両者が激突、勝負は渡辺数馬、荒木又右衛門側の勝利で終わる。

「あの争いは、話としては面白い。だが、当事者にはどうであろうな。幕府はあの折、争いが外様大名と直参旗本の争いとなってしまったことにいたく苦慮しておったようだ」

吉宗は、吐息とともに述懐した。

「むろんこたびは、だいぶ事情がちがう。そちらは旗本ではない。だが、そちと茂氏は一万石と五千石。こう申してはなんだが、旗本に毛のはえたようなものだ。その二人と、外様の大藩との対立が面白いらしい」

吉宗が、にがりきった顔で言った。

「当方は、争う気など毛頭ありませぬ……」

「吉泰は、そちも知ってのとおりのあの性格じゃ。このまま済めばよいと思うが、吉泰は執念深い。能に狂い、面を八百枚集めておるとも聞く。茶器や茶道具にも目がないらしい」

「聞きおよんでおります」

「それに――」

吉宗は、俊平をじっと見た。

「なにか」

「こたびそちは、ちとまずいことをしたようじゃ。吉泰を怒らせてしもうた」

俊平は、うかがうように吉宗を見かえした。どうやら、古天明の別の茶釜を平蜘蛛の茶釜と偽って贈ったことを吉宗は知っているらしい。

「吉泰が執拗ゆえ、それで紛らわそうとしたのであろう。そちの気持ちはようわかる。幸い、金も取ってはおらぬとのことだ。だが、やはりこれはちとまずかった」

吉宗は、半ば叱るように俊平に言った。

「申しわけございませぬ」

「池田家は武勇の家柄にて、なかなかふてぶてしい。これまで、とことん徳川に臣従するふりをしてまいったが、千成瓢箪をつくって密かに蓄えおるところをみれば、今になっても豊臣恩顧であることを心に深く刻んでおるらしい」

「そのようでございますな」

俊平が、苦笑いして吉宗を見かえした。

「ま、外様には外様の意地もあろう。だが、太平の世じゃ。そろそろいらぬ根は抜いてほしいものじゃ。幕府も、よほどのことがないかぎり、大名家を取り潰すつもりはない」

「まこと、御家取り潰しは最後の手段、多くの家士が路頭に迷いまする」

「そちの申すとおりじゃ。今は、外様大名とも共存するが良策。そこでじゃ」

「はい」

俊平は、あらためて吉宗を見かえした。

「平蜘蛛の茶釜、吉泰めにくれてやってはどうじゃ」

吉宗は、当たり前のようにずけりと言った。

俊平は、一瞬息をのんで吉宗を見かえした。

「当家にそのようなもの……」

「ないと申すか」

吉宗は、俊平を見かえして唇を歪めて笑った。

「玄蔵がこの件について、ようはたらいてくれておる」

「はい……」

俊平は、面を伏せてただかしこまった。

「あの者、熱心に文庫の調書を調べあげ、埃を払って古い記録を掘り起こしてまいった。じつは、面白いものが見つかったぞ」

「面白いものでございまするか」

俊平は、手にした銀の駒を置き、姿勢をさらにあらためた。

「家光公の頃の話じゃ。三代様は柳生宗家に平蜘蛛の茶釜があるのではと疑っておられた」

「はて、困りました」

「幾度も確認なされたが、その都度《つど》、宗矩はそちが申したようにそのようなものはないとつっぱねたという。沢庵は柳生の庄を訪れた折、その茶釜で沸かした湯で茶を飲んだと家光公に伝えたらしいが、あれほどの人物が嘘をつくはずもない。そこで、家光公は茶釜欲しさに伊賀者を使い、探りを入れたが、宗矩は意地になって茶釜を隠した。松永久秀と柳生石舟斎の叔父柳生七郎左衛門重厳が交わした契りを守らんとしたのであろうな。それはわかる。そこで、宗矩の子十兵衛《じゅうべえ》が動いたようじゃ。十兵衛は、茶釜をいずこかに隠すため旅に出たらしい」

「なんと十兵衛殿が……」

俊平は、思いをめぐらした。

たしかに、柳生家にさえそのような記録はない。玄蔵が見たのは、伊賀者の隠密記録のようなものなのであろう。

「そちは、久松松平家の十一男で、柳生家には養嗣子として入っておる。それゆえ無理もない。ただこの一件、話はさらに複雑なようだ。なにやらその頃、池田家も茶釜を追っていた」

「池田家が」

「うむ。いずこで柳生家にあることを知ったのかはわからぬがの。はて、困った」

吉宗は、重く吐息を漏らした。

「柳生家にも意地があろう。たとえ天下一の梟雄とはいえ、茶釜を託して死んでいった弾正久秀への信義を守らんとするは、まことに武士らしい。じゃが、大名同士で争い、天下騒乱を招いてはまずい」

「善処いたしまする。ただ、そのこと、いましばらくご猶予いただけませぬか」

「猶予か。どうする」

吉宗が伏目がちに俊平をうかがうようにして見た。

「今のところ策はござりませぬが、もうひとふんばりいたします」

俊平は、とっさに自分でも何を言っているかわからなかった。吉宗もそのことをわかっているらしく、ただ俊平を見て笑っている。

「まあよい。いましばらくだぞ」

吉宗は、ふたたびじっと俊平を見かえし、口を閉ざした。

「ただ、これ以上喧嘩はいたすな。そうなれば、ご政道のため、余もそちをこれ以上護《まも》ることはできぬようになる」

「心得ております」

俊平はそれだけを言って、口をつぐんだ。

策はない。だがその時になれば、なんとかなるであろうと、いつもの俊平流にぼんやり考えている。

「さて、もう一局、と思うたが、余は余でよい策を考えてみとうなった」

吉宗は苦笑いして立ち上がると、

「難しい局面じゃの、俊平」

そう言い残し、吉宗はまたちらと俊平を見かえし、小姓とともに部屋を去っていった。

二

その日、吉宗との対局で夕刻になって柳生藩邸にもどってきた俊平の駕籠を、どっと道場から飛び出してきた門弟が囲んだ。

みな、不安そうに俊平を見かえしている。

「いったい、どうしたのだ」

駕籠を降り、門弟たちの先頭に立つ森脇慎吾に問い質《ただ》してみれば、他道場から他流試合を申し込まれ、やむなく相手をしたという。

「わが柳生新陰流は、徳川将軍家のお留流、なにゆえに試合を受けた」

俊平は、めずらしく声を荒らげた。

「それは、わかっておりました。しかし……」

慎吾は、悔しそうに頭を垂れた。

惣右衛門も黙っている。

部屋にもどって師範代の新垣甚九郎《にいがきじんくろう》を交えて事情を聞けば、昼近くになって、麹町《こうじまち》の疋田新陰流宮坂道場の道場主宮坂晨ノ助《みやさかしんのすけ》なる者が突然数人の門弟をひき連れ、道場を訪れ練習試合をしたいという。

将軍家剣術指南役ゆえ、他流からの試合の申し込みは受けぬ、お引き取り願いたいと師範代新垣甚九郎が宮坂に伝えると、

「他流ではあるまい」

と、宮坂は薄笑いを浮かべて抗弁したという。

疋田新陰流はかつて、流祖上泉信綱が弟子をひき連れ大和柳生の庄を訪れ、柳生宗厳（石舟斎）に新陰流の道統を伝えた際、ともに宗厳に新陰流を教えた疋田豊五郎《ぶんごろう》景兼が開いた新陰流の支流で、疋田は上泉信綱が去った後も柳生に残り、石舟斎に稽古を付けた。そこで、宮坂は疋田新陰流はいわば師筋の新陰流ではないかと言うのであった。

竹刀を見せたが、疋田新陰流でも同じ蟇肌《ひきはだ》竹刀で稽古をしているという。

そう高言してはばからない宮坂の言い分には、なるほどもっともな面もあり、やむなく甚九郎は、

――あくまで練習試合。

とことわり、試合を受け入れたという。

「門弟同士の立ち合いであったのか」

俊平が甚九郎に訊いた。

「いえ、最後には道場主の宮坂本人が出てまいりました。互いの力量を知るには、実力者同士が当たるのがいちばんと申し」

「それでは、他流試合も同然ではないか」

「はい」

俊平が叱ると、新垣は無念の思いに深くうなだれた。

それでも初めは軽格同士が立ち合ったが、よほど厳選した門弟を連れてきたのだろう、まるで刃が立たず、相手にではなくほとんど蟇肌竹刀に触れることもできず柳生新陰流は敗れ去ったという。

ついに師範代の新垣甚九郎が立ち合うことになり、それではと、相手も宮坂晨ノ助本人が出て来た。

ところが、歴然たる実力差で数合竹刀を合わせたものの、甚九郎はしたたかに面を強打され、道場の床に打ちのめされた。

うなだれる甚九郎に代わって、惣右衛門が話をつづけた。

「他に相手はおらぬのか」

宮坂がさらに豪語したので、ならばと伊茶が立ち上がったが、

――女子供は相手にせぬ、
と、宮坂は侮蔑《ぶべつ》の言葉を伊茶に浴びせるばかりで応じない。

伊茶は、

――一刀流は免許皆伝《めんきょかいでん》。ならば、他流と思い勝負せよ。

と迫ると、宮坂はやむなく向き直り、

「されば、女といえど容赦はせぬぞ」

と姫を睨みすえ、立ち合いに臨んだという。

道場はさらに殺伐とした気配となったが、伊茶は動じず、怯《ひる》むようすはなく対峙したという。

「それで」

「はい……」

惣右衛門は伊茶を見かえし、言いにくそうに言葉を濁していると、

「遠慮なくお答えください」

と伊茶が促した。

「されば、たがいに蹲踞《そんきょ》し、竹刀の先を合わせましたが、相手は〈後の先〉、姫は一刀流に立ちかえり〈先の先〉を取り、激しい太刀筋で真っ向から撃ち込んでいかれました。しかしながら、宮坂は思いのほか慎重にて、剣尖《けんせん》を巧みにかわし、スルスルと後ずさりするばかり。そのようにして、姫の腕を確かめておったのでしょう。道場を回っておりましたが、いきなり機を見てスルスルと踏み込み、ここぞと一刀両断に撃ちかかる姫の竹刀をわずかに体をひねってかわすや、振りおろした姫の竹刀をたたき落とし、返す竹刀で姫の胴を鮮やかに抜きましてございます」

「残念だが、だいぶ力に差があったようだな」

俊平は、伊茶を慰めるように見て言った。

「さよう。姫とあの者とでは囲碁《いご》にして三目《もく》、いや五目ほどの開きがあるかと見えました」

囲碁好きの惣右衛門が、碁石の数に例えて両者の腕の差を推《お》しはかった。

「私も疋田新陰流、恐るべしと見ました」

慎吾が声を震わせて言う。

「宮坂は、殿がおられぬことをいたく残念がり、音に聞こえた柳生道場がこの程度とは思いたくない、いずれまた近々に訪ねる、などと不遜な捨て台詞《ぜりふ》を残し去っていきました」

「そうか。もうよい。みな退って休め」

新垣と慎吾、伊茶の三人を退がらせると、俊平は部屋にもどるなり付いてきた惣右衛門に向かい、

「その宮坂なる道場主、同じ新陰流を修めながら、なにゆえそこまでに挑戦的だったのであろうな」

と、怪訝そうに問いかけた。

「同じ江戸にあって、長らく道場を開いていた宮坂が、いきなり道場を訪れ、立ち合いを求めてきたことも不自然に思われます」

「まことよ」

「その件で、ちと思い当たることがござります」

惣右衛門は、前かがみになって額を近づけて声を潜めた。

「他ならぬ疋田新陰流のことにござります。かの流儀は、たしかに柳生新陰流と同門と言ってよいほどの浅からぬ関係にて、表太刀はむろんのこと、裏太刀の『三学円之《さんがくえんの》太刀《たち》』『奥義《おうぎ》之太刀』に至るまでそっくり同じもの」

「うむ。そも、柳生石舟斎殿に手を取り足をとって上泉信綱の新陰流を伝えたのは、

疋田豊五郎景兼殿といっても過言ではない」

「その疋田殿でございますが、さらに修行の旅をつづけ、殿はいずこに逗留したと思われまするか」

「はて、どこであろうな」

「お考えくだされ」

「これ、もったいぶるな。惣右衛門」

俊平は、憮然として惣右衛門を諭した。

幼い頃より俊平に仕えてきた惣右衛門は、時折口癖でそのような上に立った口をきいてしまう。

惣右衛門はふとそれに気づき、

「これはご無礼を。鳥取に逗留し、かの地に新陰流を伝えたと聞きおよびます」

「おお、そうであったな」

「疋田豊五郎は、その後、かの地を去っておりますが、その弟子猪多《いのた》重良《しげよし》なる者がこれまた強豪にて、新陰流に新たな形を加え、槍術、薙刀《なぎなた》の技を鳥取藩に残しております。かの地には、その者の残したなにやらぶ厚い流儀の目録さえ残っておるやに聞いております」

「惣右衛門、詳しいの」

「それがしも、これで桑名藩当時新陰流を修めております。その折、疋田新陰流も調べたことがございます。ことに槍術は、十文字槍、鉤槍《かぎやり》と多岐にわたり、それぞれ、〈心のはたらき〉によって使うべしとの教えが伝わっております」

「心の槍か――」

俊平は、ふむと頷いて顎を撫でた。

疋田新陰流もひとかどの大流派、武術の心得も柳生新陰流とさほど異なるものではないようである。

「刀法についても、疋田流はそれなりに新陰流に新たな工夫を加えているのであろうな」

「道場での立ち合いを見るかぎり、柳生新陰流とは初めの構えは同じでも、その後の動きがだいぶちがうように思われます」

「見たところ、どのような剣であった、慎吾」

茶を淹れてもどってきた慎吾に俊平は立ち合った折の相手の太刀筋を訊ねた。

「やや荒々しく、上下によく動く油断のならぬ剣かと」

「上下か」

俊平は、厳しい眼差しで宙空を睨んだ。

「ただ、神君家康公は、かの疋田新陰流を評し、しょせん匹夫《ひっぷ》の剣と申されたよし。なにやら勝つことのみを求める殺人剣のようにも思えまするが」

匹夫とは下郎の意であり、疋田新陰流は思慮分別のない血の気にはやるだけの剣と、徳川家康は評したというのである。

家康は、柳生新陰流を修める前、奥山休賀斎《おくやまきゅうがさい》なる兵法者に就き、奥山新陰流を修めている。家康の剣はただの殿様芸ではなかった。それだけに、俊平には傾聴《けいちょう》に値する意見と思えた。

「うむ」

俊平は、慎吾の話を聞き、押し黙った。

「ちと、稽古をしたい」

俊平が言って立ち上がろうとすると、伊茶が、青い顔をして部屋に入ってきた。

「俊平さま、申し訳ございません」

伊茶は座すなり、うなだれて袴の膝をたたく。

「なんの。伊茶殿はようやった。相手がちと強すぎたのだ。道場主は伊達《だて》ではない。だがそうなると、私とて勝てるものかの……」

俊平は、惣右衛門を見かえし、苦笑いを浮かべた。

「俊平さま、そのようなお気の弱いことを申されては困りまする」

「いやいや、剣の道は冷徹なもの。勝負は強い者が勝つ。立ち合ってみねば、相手の力量はわからぬものだ」

「されば、宮坂と立ち合った者を集め、さらに手筋を語りあわせてみてはいかがでございましょう。いろいろ見えてきましょう」

惣右衛門が、俊平を促した。

「されば、お役に立つかどうかは知れませぬが、わたくしも気づいたことをお話しいたします」

伊茶が俊平に寄り添い、立ち上がった。


道場に師範代新垣甚九郎を呼び手筋の説明をさせていると、門弟が不安そうに俊平の周りに寄ってくる。

みな柳生道場に、これまでにない大きな危機が訪れたことを、本能的に感じているかのようである。

さらに半刻（一時間）ほど、新たに手筋の説明を受けていると、にわかに道場の玄関辺りが騒がしくなった。

聞き覚えのある濁声《だみごえ》が聞こえてくる。

「俊平殿はおるか――ッ」

西国に向かったはずの大樫段兵衛である。

どかどかと道場の床を踏み鳴らして近づいてくる足音につづいて、無精髭《ぶしょうひげ》を伸ばし熊《くま》のような大男の顔がぬっと現れた。

小脇に大きな包みを抱え、なにやら長尺の蟇肌竹刀を握りしめている。

「段兵衛ではないか。どうした、早々と修行の旅を終えてしまったのか」

俊平が、並の男の倍はあろうという段兵衛の腕を摑んで笑顔を向けると、

「あっ、段兵衛さまッ」

道場の片隅にいた伊茶も、こちらに駆けてきて、

「まあ、もうもどっていらっしゃりましたか」

あきれたように、段兵衛を見かえした。

「伊茶どの、そうではない。まだ旅の途中なのだ。だが、大切な用件があって、急遽もどってきた。あれが見つかったのだ」

「見つかった、何がだ?」

俊平が、小脇の包みに目をやった。

「まずは杖《つえ》だ。おぬしへの土産だ。柳生十兵衛が使っていたという十兵衛杖だ」

柳生の庄では貴重な物であったらしく、丁寧に袋に納め口紐《くちひも》で結んでいる。

「それと、これだ」

段兵衛は、藍染《あいぞ》めの大風呂敷を俊平の前に差し出した。

「もしや、それは、あの……」

姫が包みと段兵衛を交互に見た。

「そうだ。その、平蜘蛛の茶釜だ」

「まことか、段兵衛！」

「道中、壊しはせぬか、盗まれはせぬか、ひやひやのしどおしだった。このような気苦労、二度とまっぴらご免だ」

「それにいたしましても、大変な土産でございますな」

駆け寄ってきた惣右衛門が、重そうな風呂敷包みを俊平に代わって段兵衛から受けとった。

「まずは、奥へまいろう」

段兵衛の肩を取り、伊茶とともに道場奥の部屋に籠もると、姫が外の様子をうかがって板戸を閉める。

「されば、平蜘蛛の茶釜だ」

固く縛った風呂敷包みを解《ほど》けば、色褪《いろあ》せた古い桐の箱が出て来る。

俊平が朱紐を解いて中をあらためると、底にへばりつくように丈の低い黒々とした鉄の茶釜が姿を現した。

「これか」

なるほど、茂氏が持参した下野国産の〈地下の湯の茶釜〉とも、水茶屋〈浮舟〉で見た古天明の茶釜ともよく似ている。

いや、似ているというより、瓜二つと言ってよい。

だが、手に取ってつぶさに眺めれば、ちがいは明らかであった。こちらは目がさらに細やかで、といって目が詰まりすぎているということはない。その目が、ある種の渋みや陰影をこの茶釜に与えている。

ずしりと重く見えるのは、地を這うようなその姿からくるのか、その侘びた色艶からくるのか――。

その肌合いを指でなぞれば、ざらざらとした手応えがある。

「ううむ、じつに味わい深い」

俊平は思わず唸った。

「段兵衛、これはいったい何処にあったのだ」

「柳生陣屋の蔵の奥深くに、忘れ去られたように眠っておった。書状にもしたためた若い藩士の家が、代々これを預かっていたらしい。初めは隠しとおすつもりだったらしいが、古老は迷ったあげく御家の大事ゆえ、藩主であるおぬしのもとに置いたほうがよかろうと、埃を払って出してこられたようだ」

「御家の大事とは、何を言っておるのか」

「じつはの、俊平。柳生の庄に妙な男たちが現れた」

「妙な男たち――？」

「そうだ。道場破りだ」

段兵衛は、忌《い》ま忌《い》ましそうに顔を歪めた。

「なに。柳生の庄にもか」

「されば、この道場にも現れたか」

「そうだ」

「勝負は」

「師範代の新垣甚九郎はじめ、門弟ことごとく敗れ去った」

「あいすみませぬ」

伊茶が、悔しそうに顔を伏せた。

「疋田新陰流だ」

「伊茶どのまでも。して、相手の流儀は」

「やはりの」

「おぬしもか」

段兵衛が探るように俊平をうかがった。

「幸いと申すべきか、留守をしていたので私は立ち合ってはおらぬ。それより、柳生の庄の話を聞きたい。柳生の里に現れた男たちはいったい何者だ。何人現れたのだ」

「うむ。その男は鉢谷天膳《はちやてんぜん》と名乗っておった。だが、鳥取から来たとは申していたが、鳥取藩士とは名乗らなかった」

「その男の他には――」

「門弟らしき者が六人いたが、いま一人、他流の者でただ腕を組み、試合を見ていた者がおった」

「はて、何者であろう」

「岩田如月斎《いわたにょげつさい》と名乗っていた。他流らしく、立ち合いはしなかった。白髪の兵法者然とした男であった。長身で力もありそうであった」

「ふむ」

俊平は眉をひそめた。相当の手練《てだれ》らしい。

「そ奴ら、なんのまえぶれなく訪ねて来て、取りあわずにいると、こちらには鳥取藩に逗留され新陰流を伝えられた疋田豊五郎が石舟斎殿に茶を振る舞われた平蜘蛛の茶釜があるはず。拝見させてはもらえぬかとまず言った。妙な男たちだと思ったが、初めは疋田新陰流ということで、陣屋をあげて歓迎したが、なにやら剣呑《けんのん》な奴らでの。しだいに里人も呆れはてたところで、座興に竹刀稽古をしたいと言い出した」

「初めから、それが目的だったのであろう」

「やむなく受けて立つと、これが手強い。道場の者は誰も相手にならなかった」

「どんな太刀筋であった」

「荒々しい剣だ。最後には、取るに足らぬ流派だとののしり、去っていった」

「おぬしも立ち合ったのか」

俊平が、伏目がちに言って段兵衛に問うた。

「厳密に言えば、わしは柳生新陰流ではないので遠慮していたが、あまりに雑言《ぞうごん》を吐くゆえ、耐えきれず最後に立ち合った。悔しいが、敗れた」

段兵衛を傷つけまいと、それだけ言って俊平は黙った。

「次にまた来る。江戸なり尾張《おわり》なりから、もっと強いのを呼び寄せておけ、などと抜かしおったわ」

「小癪《こしゃく》な奴らでござりますな」

惣右衛門が、顔を紅潮させている。

「それで、古老は奴らが茶釜を狙っている、ここに置いておいては危ないとおぬしに茶釜を持たせたのだな」

俊平は納得したとうなずいた。

「そういうことだ。この道場にも、疋田新陰流を名乗る者どもが訪ねて来たということからして、この二つの道場破りは、どうやら繋がっておるな」

段兵衛が、うかがうように俊平を見た。

「鳥取藩の池田吉泰殿が、茶釜を譲れと執拗に言ってくる」

「池田侯か。相手が悪い……」

「あまりにうるさいゆえ、古天明の別の茶釜を贈ってやったら、怒りおった」

「それで、そ奴らを放ったか」

「そうか——」

段兵衛が、俊平を見かえし苦笑いした。

「なに。喧嘩相手に不足はない。こうなれば、意地に掛けても渡すな、俊平」

段兵衛が、白い歯をむき出しにして俊平の肩をたたいた。

「渡しはせぬ。この茶釜には、松永弾正久秀と柳生家の意地がかかっておる」

「それにしてもあ奴ら、柳生家に茶釜があると信じきっておったようだな。疋田豊五郎が平蜘蛛の茶釜で茶を飲んだというのはあるいはまことかもしれぬな」

「その話、ありえぬことではございますまい」

伊茶姫も、小さくうなずいた。

「あくまでわたくしなりの憶測ですが、疋田豊五郎は師上泉信綱が去った後も柳生家に長逗留し、流祖柳生石舟斎様に新陰流を教えたと聞きおよびます。石舟斎さまにとって、疋田豊五郎はいわば剣の師筋、その恩に報いるため、里の方々はさぞや歓待なされたことでしょう。叔父の松吟庵さまも交えて、平蜘蛛の茶釜で茶を喫したとしても不思議はありません」

「その話、目に浮かぶようだ。まさにあ奴らは、そうほざいておった」

段兵衛が、その時のようすを想い返して言った。

「池田吉泰殿が執拗に茶釜を求めるのも、おそらくその話を伝え聞いておるからであろうよ」

俊平は、あらためて茶釜を抱えあげ、眉をひそめた。

「相手は退くまい。これは藩をあげての喧嘩になるの。柳生の庄では勝負にならなんだ。疋田新陰流との立ち合い稽古は受けぬように言っておいた。勝負は江戸だ。早ければわしと同じ頃に江戸に到着していよう。江戸の疋田新陰流道場と合流するか。それに、あの男も気になる――」

「白髪の兵法者か」

「最後まで門弟と立ち合わず、じっと試合を見ていた」

「他流と言うたな。どのようなようすであった」

「気になるのでわしはずっと奴から目を離せずにいた。上背のある男での。その白髪はただ一度も梳《す》いたことのないような乱れ髪での、あたかも鳥の巣のようであった。風呂にもしばらく入っておらぬようでの、異臭がした」

「おぬしの上をいくの」

「はは、わしどころではない」

「面体《めんてい》は――」

「肉を削ぎ落としたような細い頬で、眼光ばかりが、鷹《たか》のように鋭かった。装束は黒の小袖に鮮やかな紅色の袖無し羽織」

「はて、その姿、どこかで見たような風貌だ」

「まるで伝説の剣豪、新免武蔵のようでございます」

伊茶が鋭い眼になって言う。

「武蔵といえば、武者修行の途上、姫路城の池田家に長逗留し、町割りから城郭、庭園までを設計したという噂があったが、まことであろうか」

俊平がふと思い出すように言った。

「はて、それは調べてみればわかりましょうが」

惣右衛門がうなずいた。

「そうだ。私は武蔵を描いた絵を見たおぼえがある。二刀をだらりと下段に垂らし、肩の力を抜いて立っておる姿であったが、音に聞く剣豪、一分の隙がないほどであった。当節、そのような剣豪見たこともございませぬ」

伊茶が、不安げに俊平を見かえした。

「ただ、あの頃の武蔵の二刀流は、後の二天一流《にてんいちりゅう》ではなく、円明流《えんめいりゅう》であった。池田家にその古い円明流が残っていたか……」

俊平が言う。

「凄い男が現れたものでございます」

惣右衛門が言った。

「しかも、二刀」

伊茶姫も、息をつまらせている。

「そうだ。とまれ、はっきりしていることは、大名間の争いはお取り潰しの口実となることだ。まあその老剣客、もし他流であれば、こちらが試合を受けずば争いには加わるまい」

「さようでございますな。まずは安堵いたしました」

惣右衛門が、胸を撫でおろした。

だが、俊平は危惧の念をすててはいない。

三

その日も夕闇が降りる頃、俊平は黒羽二重に編笠のお忍び姿で影のように藩邸を抜け出した。

一人になって、今置かれている状況を冷静に考えてみるつもりであった。

片手に、段兵衛が持ち帰った十兵衛杖を抱えている。

段兵衛の話では、柳生石舟斎の工夫した柳生杖に、さらに工夫を加えた物で、断面を三角形に削った竹を三本束ね、その中心に鉄芯を入れ、さらに竹の間に細い鋼《はがね》の板を三枚はさんでいる。

それを渋をかけたこよりで巻きあげ、漆《うるし》を塗っている。

仕込みの杖を抱えた十兵衛は、幕府の放った伊賀者の追撃を振り切り、茶釜を守りきった。俊平は、その力がこの杖に込められているような気がした。

忍びの速攻や連携攻撃を、このよくしなる堅い杖で弾き返したのかもしれなかった。

(それにしても、なにゆえに柳生宗矩父子は、幕府を向こうにまわしてまで茶釜を守ろうとしたか)

おそらく、松永弾正久秀と交わした武士の約束を、どこまでも貫きたかったのかもしれないと俊平は思った。

たしかに、そのような意地は、一藩を護る者にとってはとるに足りないものかもしれない。だが、それを無視しては、柳生家の武士の意地が、柳生の剣がその意味を失ってしまうと感じたのかもしれない。

そんな漠《ばく》たる思いが、俊平のなかにも育っている。

養嗣子ではあるが、柳生藩主となって十年近い歳月のうちに、戦国の世を生き抜いた大和の土豪柳生家の意地はすでに俊平のなかにしっかりと腰をおろしているのかもしれなかった。

こたびは危うい綱渡りとなろう。ひょっとすれば御家断絶、一族郎党を路頭にまよわす危険がある。

いや、厳しい流派の争いのなかで、俊平自身が剣刃に倒れるかもしれなかった。

(そのような争いに、いったいなんの意味があるのか……)

俊平は自問してみた。

むろん、答えはない。

(平蜘蛛の茶釜の持つ魔性の力が、私を頑《かたく》なにさせ、身を滅ぼさせるかもしれぬな……)

俊平は、苦笑いしながら歩く。

前方に見えてきたのは、行きつけの煮売り屋〈大見得《おおみえ》〉であった。

朝からたっぷり芝居を愉しんだ客がその余韻を胸に、熱燗《あつかん》と小料理を腹におさめて帰るそんな店である。

(さて、どうしたものか……)

俊平は〈大見得〉の暖簾を分け、紅ら顔で談笑する男たちを見て、

(やはり、やめておこう……)

店に入らず、そのまま暖簾をもどした。

もっと、冷静に考えてみねばならない時である。

足が、中村座の方角に向かっている。

芝居客で賑わう大通りの彼方《かなた》、芝居小屋の高い櫓《やぐら》が見え、看板役者の名を記した幟《のぼり》がはためいている。

その櫓に向かって、そぞろ歩く。

(小屋でものぞいてみるか)

と考えて、やはりやめておこうと思った。

と、そのとき、俊平は雑踏のなかにあってひときわ異彩を放つ一人の兵法者の姿に目をとめた。

白髪まじりの総髪を長く肩まで垂らし、革の袖無し羽織、埃にまみれた道中袴を着《つ》け、半眼のままゆっくりこちらにすすんでくる。

一分の隙もない。

俊平は、はっとして本能的に十兵衛杖を右の手に持ち替えた。

両者の間合いが五間ほどに迫った時、その男がふと立ち止まった。

炯《けい》とした鷹のような鋭い眼差しを大きく見開いて俊平を見つめている。

男は大和柳生の庄で段兵衛が会った古老の兵法者にちがいなかった。

俊平は、そのまま歩度を緩めずにすすんだ。

右の手に十兵衛杖を握っている。

さらに、両者の間合いが三間に迫った。

ただならぬ気配に気づいた通行人が数人、恐ろしげに二人を見かえし避けて通っていく。

だが、すぐにもどってきて、怖いもの見たさに遠巻きにして二人を囲む。

知らぬ間に、通りに大きな人の輪が生まれていた。

「柳生殿とお見うけする――」

底ごもるような低い声で、老剣客が言った。

「いかにも」

「それがし、円明流を修める者にて、岩田如月斎と申す」

「大和柳生の庄をお訪ねになられた岩田如月斎殿か」

「そうだ」

「鳥取藩のご指南役か」

「いや、ちがう」

老剣客はうっと背のびするように体を広げ、仁王立ちした。

「将軍家剣術指南役のそこもととはちがい、剣ひと筋に生きる身にて、いずこの藩の禄も食《は》んではおらぬ」

「ほう、さればなにゆえ柳生の里で鳥取藩がご所望の平蜘蛛の茶釜を見せろと申された」

「なに、疋田豊五郎殿がその茶釜にて茶をふるまわれたと聞いてな」

「されば、これにてご免」

「待たれよ。ひと手、柳生殿にご指南たまわりたい。真剣での」

「戯れ言を申すな」

「戯《たわむ》れではない」

「ここは路上。芝居を愉しみにする佳《よ》き方々が行き交う往来である。このようなところで、白刃を抜き合うと申すか」

「なに、勝負はわずか一瞬にて決着いたそう。すでに人が退いた」

「迷惑――」

「まいる」

岩田如月斎が、草履《ぞうり》をにじらせ前に出る。

剣はまだ抜いていない。

俊平は、やむなく編笠の紐を解いた。

俊平はあえて虚の体勢をつくり、〈後の先〉の待ちの剣で相手に誘いをかけている。

と、いきなり如月斎が大胆に踏み込み、抜き打ちざま、小さく畳んだ片手斬りで袈裟懸けを浴びせてきた。

俊平は、一瞬早く横に体を薙《な》ぎ、その剣刃を避けたが、如月斎は間髪を入れず、左の脇差の突きで俊平に追いすがる。

俊平は、抜く間もなく手にした十兵衛杖を如月斎の顔面に向かって放った。

思いのほか弾力のある仕込み杖が、生き物のように跳んで受けた脇差をたたいている。

如月斎は俊平の追撃を避け、後方に飛び退いた。

群集の間から、どよめきが起こった。

思いのほかの俊敏な身のこなしである。

「やめよ、道の方々に迷惑」

そう言いながら俊平は油断なく刀の柄《つか》に手をかけた。

「これにてやめよう。これはほんの挨拶代わり。うぬの腕、たしかに観た」

如月斎が薄く笑い、両刀を納める。

「いずれまた立ち合う。だが、そのような小細工、次は繰り出すでないぞ。将軍家剣術指南役柳生新陰流なら、堂々と剣にて勝負せよ」

「いきなり抜き打ちに斬りつけながら、堂々と勝負とは笑止《しょうし》。その邪剣にはこの杖で十分」

「はて十分かどうか。その袖を見よ」

岩田如月斎が俊平の左袖に顎でしゃくった。

黒羽二重の袖が裂けている。

「伝言がある。鳥取の殿からの伝言だ。偽の茶釜で目をくらませるなど、無礼千万。いまいちど機会を与える。うぬの言う邪剣に果てる前に、平蜘蛛の茶釜、早々に鳥取公に譲り渡すがよい」

「やはり、池田侯か――」

俊平は、如月斎を見かえすこともなく歩きだした。

如月斎も冷やかに俊平を一瞥し、まっすぐ前を見すえて群集のなかに消えていった。

半町ほど先、中村座並びの芝居茶屋〈泉屋《いずみや》〉に大名駕籠が留まっている。紋所《もんどころ》を見れば、尾張葵《おわりあおい》である。

「ほほう」

俊平はその定紋にふと心親しむ感じで、〈泉屋〉の暖簾をくぐった。

脳裏に浮かんだのは、剣の師奥伝兵衛《おくでんべえ》である。

尾張藩主徳川宗春《とくがわむねはる》の供をして、この芝居茶屋を訪れているはずであった。

芝居の幕はとうに下りた時分で、芝居の余韻《よいん》を残す大勢の芝居客で店は賑わっている。

「おや、これは柳生様で」

顔なじみの番頭弥八《やはち》が、声をかけてきた。

「今日は、尾張公がおいでのようだの」

言いながら奥をのぞけば、芝居好きの徳川宗春に従う大勢の尾張藩士が階段を上がっていくのが見える。

「奥伝兵衛殿がおられれば、柳生俊平が来た、お手隙《てすき》の折にでも、声をおかけくだされと伝えてくれぬか」

そう言って一分金を握らせると弥八は、

「こいつァ、どうも。まちがいなくお伝えしやす」

と愛想よく言って奥に引っ込み、替わって現れた鼻の横に黒子《ほくろ》のある女中が、俊平を二階の一間に案内した。

ひとまず酒膳を二人分用意させて先に飲んでいると、やがて四半刻ほどして、

「待たせたな、俊平殿」

すっかり白髪の目立つようになった剣の師奥伝兵衛が、いつもながらの柔和な笑みを浮かべて、明かり障子の向こうから顔をのぞかせた。

もはや俊平とは呼び捨てにせず、俊平殿と敬ってみせるようになり、厳しい子弟関係は遠い昔のこととなった。

尾張柳生新陰流皆伝の腕を持つ剣豪で、かつては桑名藩主松平定重の十一男である俊平を引き受けて、厳しく鍛《きた》えてくれた師であるが、俊平の目には鬼のような存在に思えたこの人物も、今は好々爺《こうこうや》のような穏やかな笑みをたたえて接してくる。

こうした新しい関係にも、ようやく慣れたかと思えた今、奥伝兵衛の面《おもて》がかつての剣の師のような険しいものに変わった。

俊平の気配に、ただならぬものを感じてのことであろう。

「どうした、俊平」

眉間《みけん》に皺《しわ》を寄せ、その面をのぞき込む。

「いえ、なんでもございませぬ」

俊平は剣の師にどう伝えてよいものかわからず、言いよどんだ。

その俊平の表情をもういちど見かえし、

「殺気が現れておったが、いま消えた。なにがあった」

「路上にて、ある兵法者に斬りつけられました」

「むっ」

伝兵衛は、俊平の差し出す酒器の酒を大ぶりの盃で受け、

「聞いておるぞ。鳥取藩と揉めておるようだな。茶釜の一件であろう。困ったことよ」

「しかしご師範。なにゆえ、そのことをご存じでございますか」

「なに、これじゃよ」

伝兵衛はにやりと笑って、懐から四つに畳んだ絵草子を取り出し、俊平の前に広げた。

将軍吉宗が城中で俊平に見せてくれたものとはちがった版であるが、同じような図

柄で紙面いっぱいに白鉢巻きの剣豪たちが躍《おど》っている。その横に、平蜘蛛の茶釜が白い湯気を立てている。

大書きした絵解きの一行に、

「決闘柳生新陰流対疋田豊五郎景兼新陰流」

と書かれている。

これも鍵屋の辻の仇討ちさながらの派手な決闘場面を描いたことがうかがえる。

「藩内でも、話題になっておってな。こたびは、どちらが勝つか、などと面白おかしく語り合っておるが、一方で尾張柳生になんらかの影響を及ぼさぬかと気を揉む者もおる」

江戸柳生が疋田新陰流と闘えば、火の粉が尾張柳生にまで降りかからぬともかぎらないと気を揉んでいるらしい。

「まことに」

「平蜘蛛の茶釜は、じつのところ柳生家にありやなしや、と訊ねてくる藩士があっての。この件、藩内はかなり喧《かまびす》しい」

「それで、ご師範はなんと」

「わしは、知らぬと申すまでのこと。まことに知らぬのだからの」

伝兵衛は、盃を手にしたまま穏やかに笑った。

「それがし、先日ようやく茶釜が柳生家にあることを知りました」

「やはり、あったか」

「はい、しかしそれ以前はあることを知らず、先方があまりにうるさいゆえ、別の古天明の茶釜を贈ったところ、かえって怒らせてしまいました。尾張柳生にまで、ご迷惑をおかけしております」

俊平は、師にその失敗を素直に告げて頭を下げた。

「なんの。気にいたすな。しつこく譲れと申すほうが悪い。が、あったはあったで厄介だの」

伝兵衛は、深く吐息した。

「かえって迷惑をしております」

「これからが難しい。鳥取藩もそれを嗅ぎつけ、茶釜を譲り渡すまでさらに執拗に迫ってこよう」

「先日は柳生道場に、江戸の疋田新陰流道場の宮坂なる者が立ち合いを求めてまいりました。おそらく鳥取藩の息のかかった者かと思われます」

「ほう」

「やむなく同じ新陰流ゆえ門弟が立ち合いましたが、よいところなく敗《やぶ》れました。次は、私が相手をせねばなりません」

「疋田新陰流は、柳生新陰流よりさらに流祖上泉信綱殿の新陰流に近い。疋田豊五郎殿は上泉信綱殿とつねに旅をともにした一番弟子であった。同門と言われれば同門であろう。だが、その後豊五郎殿は、独自の境地を切り開いたと聞く。さらに鳥取藩では、猪多重良なる天才剣士が現れ、ことに槍術に工夫を加えたらしい」

「それがしの用人も、同じことを申しておりました」

「疋田新陰流は、おそらく独自の発展を遂げておろう。事実、諸国に伝えられ、肥後には肥後伝疋田新陰流なるものが伝えられているという。もはや別の流儀。すでに柳生新陰流とは遠く離れておるやもしれぬ」

「立ち合った者も、そう申しておりました」

「聞きおよぶかぎり、疋田新陰流は神君家康公が評されたごとく匹夫の剣とも呼ぶべき戦場剣法らしいが、どうであったかの」

「さほど、荒々しいものではなかったそうにございます。ただ、上下によく動く油断ならぬ剣とのことでございました」

「上下にの」

「よく沈み込み、下から逆上ってくる一刀が危ないと」

「ほう、それは思いがけないことだ」

伝兵衛は盃を持つ手をとめ、むずかしい表情を浮かべた。

「だが、あまりそれにとらわれることはあるまい」

「と、申されますと」

「新陰流は、基本が〈待ちの剣法〉だ。〈後の先〉を旨《むね》とする。どう動いて来ようとも、動いたところを返して打てばよいのだ。目先のことに惑わされるな」

「ご助言、いたみ入ります」

俊平は、ふたたび師の盃に酒を満たした。

それを伝兵衛は旨そうに飲み干し、

「なに、わしにできる助言はこれくらいのことよ。今や江戸柳生を率い、将軍家に剣術のご指南をするそなたにとっては、釈迦《しやか》に説法《せつぽう》であろう。なにをか言わんやだ」

「いえ、先生はいつまでもわが師。傾聴に値《あたい》いたします」

「ともあれ、柳生新陰流の初心に立ちもどり、迷うことなく〈待ちの剣法〉を貫くことじゃ。柳生新陰流は活人剣《かつじんけん》、なに、隙をうかがい人を斬ることばかりを考える殺人剣とは根本がちがう」

伝兵衛は、そこまで言ってゆっくりと吐息し、俊平に向かってまた酒器を向けた。

その酒を、俊平は大ぶりの盃で受ける。

と、その伝兵衛の眼差しが、ふと止まった。

「おや、その袖は――」

俊平の羽二重の袖が鋭く断ち切れている。

「先ほど申したように、兵法者に挑まれ、とっさに袖を切られてございます」

「鋭い太刀筋じゃの、疋田新陰流か」

「いえ」

俊平は、ただかぶりを振った。

「そなたに斬りつけ、袖を断つなど、只者《ただもの》とも思えぬ。そ奴も、吉泰殿の飼い犬かの」

「おそらく。すでに、いちど柳生の庄に現れております」

「ただならぬこと。吉泰侯は武術好きの藩主と聞く。疋田新陰流以外にも、そなたに挑ませる兵法者を飼っておられるようだの」

「鳥取藩のお留め流にて、円明流がござります」

「おお、円明流か――」

伝兵衛が、目を見開いて俊平を見かえした。

「姫路城下の町に長逗留していた武蔵と池田家のつながりを思えば、武蔵が池田家に円明流を伝えておっても不思議はない。難儀よの、俊平。こたびは、疋田流、円明流の二つの流派と争うか」

「覚悟はすでにできております」

「それにしても、私は疋田新陰流はまだしも、円明流についてはまるでわからぬ」

「お気遣いだけで、ありがたく存じます」

「俊平、そなたは二刀の太刀と立ち合ったことがあったか」

「いえ」

「それにしては、よく凌いだ」

「これが役に立ちましてございます」

俊平は小脇に置いた十兵衛杖を師に見せた。

「十兵衛杖か。速さでかわしたか」

「ご明察にございます」

「二刀を操《あやつ》るにはよほどの膂力が要る。そ奴は」

「老いてはおりましたが、私より一尺近く大きかったと存じます」

「ほう、巨軀であったか。今様《いまよう》武蔵じゃな」

伝兵衛は苦笑いして、ふと思い出したように、

「わしも、二刀を操る者とは立ち合ったことがないが……」

伝兵衛はまたすまなそうに言い、

「円明流のこと、多少は聞いておる」

「と、申されますと」

「名古屋のご城下には、かつて武蔵が逗留したことがあった。といっても百年余昔のことだが」

「武蔵が名古屋に。存じませんでした」

「来ておったのじゃ。その折、柳生兵庫助《ひょうごのすけ》殿とも出会うておる。立ち合ったことはなかったらしいが」

「そうでございましたか。その話、まったく存じませんでした」

「そなたは、あの頃まだ幼かったゆえ話して聞かせたことはなかった」

俊平は、ふと目を瞑《つむ》り名古屋の道場を脳裏に甦《よみがえ》らせた。

父松平定重がまだ桑名藩を治めていた折、部屋住みの俊平は剣の修行のため名古屋の知人に預けられ、伝兵衛が師範をつとめる道場に通った。

今となっては遠い、だがなつかしい思い出である。

(あのご城下に、武蔵が……)

「道場は、今もつづいておる。柳生新陰流ほど威勢はないが」

「それは、知りませんでした」

「そう言えば円明流から尾張柳生に移ってきた弟子がおる。佐島伝九郎《さじまでんくろう》と申しての。今、殿に従い、江戸藩邸にまいっておる」

「ご師範、その佐島殿、ぜひご紹介いただけませぬか」

「それはよい。されば、柳生道場を訪ねさせよう。新陰流は、まだ始めてそれほど経ってはおらぬゆえ腕はまだまだだが、円明流では、かなりの上段者であったと聞いておる。筋のよい男だ。円明流については、知りうることをすべてそなたに伝えさせよう。せいぜい使い尽くせ」

「ありがたきご配慮、何やら前途が開けてきた思いでございます」

俊平は、ようやく笑みを浮かべて伝兵衛を見かえした。

「そのようなもの言い。そなたらしくもない。なんの。初めてゆえ、二刀の剣にとまどっておるのであろう。策はきっと見つかる。それより、今宵は殿もいらしておる。会うていかれるか」

伝兵衛の言う殿とは、尾張藩主徳川宗春で、俊平とはすでに剣談を交わす間柄である。

「いや、今宵はご遠慮いたしまする。いま少し、考えることもございますれば」

「そうであろう。疋田新陰流、円明流と、多難な時を迎えておる。そうじゃ、殿にもその佐島伝九郎にお口添えいただこう」

「宗春殿に」

「わが殿も、こたびの争い、見守っておられるようじゃ」

伝兵衛はそれから、とりとめもない話で四半刻を過ごし、

「さて、殿のご機嫌も取り結ばねばならぬでな。宮仕えというもの、年寄りにはけっこう気苦労なことじゃよ」

苦笑いしながら立ち上がり、

「わしは、そなたを信じておるぞ」

そう言い残すと、稽古の賜物《たまもの》である滑るような足どりで、静かに部屋を去っていった。

四

その日、蟇肌竹刀の音をひびかせて練習に明け暮れる門弟たちが、藩主柳生俊平と二刀を使う賓客《ひんきゃく》のめずらしい立ち合い稽古を見守っていた。

——藩主徳川宗春の命《めい》を受けてまいりました。

と柳生道場を訪ねてきた血気盛んな尾張藩士佐島伝九郎は、三十歳を越えたばかりの凜々《りり》しい好男子であった。

俊平が鳥取藩お抱えの円明流岩田如月斎を敵とし、未知の流儀に対決しなければならない立場は伝兵衛より不足なく伝えられており、今は尾張柳生の門弟となっているだけに、

——円明流の太刀筋はすべて公開して憚《はばか》らないつもり。

で来たという。

「武蔵の初期の二刀流の〈円明流〉と、後の〈二天一流〉とはどうちがうか、まずお伝えいたしまする」

と言って、丁寧にその型を説明していく。

簡単にいえば、円明流の二刀は一刀で受け、別の一刀で斬る。太鼓《たいこ》のバチのように二刀がそれぞれ別に動く。だが、二天一流は二刀が一体となり、時に同時に動く。

「それぞれ一長一短でござりますが、円明流は動きの早い二人を相手にするとお考えくだされ。二天一流はそれでは防げませぬが」

佐島伝九郎は、厳しい剣の世界のことを冷静な口ぶりで話した。

実際に立ち合ってみると、あたかも太鼓のバチのように、二刀のそれぞれが拍子《ひょうし》をとって左右から撃ち込まれ、時に鋏《はさみ》のように重なり合い、なかなか俊平に付け入る隙を与えない。

攻めに出れば、小刀でことごとく受けられ、すかさずもう一方の大刀が斬り出されてくる。

そのたびに、俊平はズルズルと後退し、気づけば壁際で立ち往生してしまっていた。

(これではまずいの……)

俊平は、思わず狼狽《ろうばい》を露わにした。

遠くで、段兵衛が不安そうに立ち合い稽古を見ている。

「大丈夫でござる。竹刀の速さにお慣れになるには、いささか時が必要でございます」

伝九郎が簡単に言うが、

「いつになっても、この速さには慣れそうもないわ」

めずらしく俊平に愚痴《ぐち》が出る。

「二刀の動きには、拍子がございます。この拍子に合わせ、さらにその上をゆくことが肝要かと存じまする」

「だが、どうすればそのような速さを身につけられようかの」

「円明流、柳生新陰流の二流を修め、私が気がつくことは、二刀の剣はたしかに受けとしては完璧《かんぺき》と存じます。相手の攻撃を一刀で受け、すかさずもう一刀で打ち込めば、防御と攻撃がほぼ同時にできるのでございます。ただ」

「うむ」

俊平は伝九郎を凝視《ぎょうし》して次の言葉を待つ。

「二刀を操ること、よほどの膂力のある者でも重うございます。一方、柳生新陰流は〈後の先〉が基本。相手に打ち込ませれば、片手撃ちの相手は簡単には刀を翻《ひるがえ》せず、そこにわずかな隙が生じます。もう一刀が撃ち込んでくる前に、ほとんど同時に打ち出すか、あるいはその間に相手の懐に飛び込むこと以外に、付け入る隙はないのではないかと存じまする」

「そうかもしれぬな」

納得はできるが、まだまだ繰り出される二刀に目が奪われ、踏み込んでいく余裕はとてもない。

「言うは易《やす》く……、それがしとて、それができるわけでもありませぬが」

俊平が苦戦する姿を見て、伝九郎は申し訳なさそうに言葉を補《おぎな》った。

「いやいや、そなたの言うとおりだ。だが、難しい」

俊平は、素直にそう言って苦笑いを浮かべ、その日はさらに一刻ほど稽古をつづけた。


その夜、俊平は鋼《はがね》のようになった体を休めて、ぼんやりと天井を見つめていたが、

(あの二刀の太刀をとっさに弾き返したのは、十兵衛杖であったな)

とまた己を奮い立たせ、太刀筋の工夫を始めた。

十兵衛杖は、流祖柳生宗厳（石舟斎）の編み出した杖を改良したものである。

俊平は、その流祖柳生石舟斎の剣豪譚《けんごうたん》を思いかえした。

宗厳は、ある者に剣での怨みを買うことがあった。

なんとか討ち果たそうとする相手は、宗厳が有馬《ありま》に湯治《とうじ》に行くのを狙った。宗厳は宿の日当たりのよい縁側に座り、連れていった鷹を腕に乗せて慈《いつく》しんでいる。男はここぞとばかりに刀の鞘を払い、宗厳に撃ちかかっていった。宗厳は小脇にあった考案した杖で急所を打ちつけ、その場に相手を倒した。その時、腕の鷹は微動だにせず宗厳の腕に止まっていたという。

この杖は、後に柳生杖と呼ばれたもので、数本の筋金を麻糸《あさいと》とこよりで巻き絞めただけの細い杖だったという。

宗厳は、これを刀の代わりにつねに身近に置いていた。

後にさらに発展する柳生新陰流の杖術は、〈柳生構え〉というものに特色があり、斬り込んでくる攻撃をまず下段で跳ね、敵の顎を撃つのが定石である。

流祖柳生石舟斎を想い、さらに柳生十兵衛の遣った柳生新陰流杖術を丹念に調べていく。

その杖は、動きは速く、杖の先端が一転して鐺《こじり》となり、鐺が先端に変わる。

それは、あたかも二刀の刀のように動いたらしい。

今に残る十兵衛の杖術の記録はごくわずかである。

俊平は、柳生石舟斎や十兵衛が工夫した護身杖を、なぜ旅に持ち歩いたかあらためて考えた。そして護身の武器として杖は、これほど役に立つものは他にないことに気づいた。

軽く、しかも槍のように長丈で敵を寄せつけず、破壊力も備えている。

俊平は十兵衛三厳が著した兵法書『月之抄《つきのしょう》』を手にとった。

燕飛《えんぴ》、三学円之太刀、と読みすすむ。

十兵衛の兵法書は柳生新陰流に伝わる他のものと別段変わりがないが、三学あたりから十兵衛の「形砕き」つまり応用技や変化技の解説が加わる。

——活人剣には構えがない。先に仕掛けて、敵の動きに従い、拍子を合わせる。

などといった記述がある。

俊平も、いちいち頷くことばかりである。

杖も拍子として、前後を入れ替えながら遣ったのであろう。

『月之抄』を読みすすむうちに、俊平は書の間に挟んだ十兵衛の覚書に目をとめた。

寛永十年三月十八日の日付で、

——伊賀三名の襲撃を退ける。杖おおいに役立つ。動きよし。よく撓《しな》る。

と記されていた。

俊平は、その記述に目を奪われた。

なぜ十兵衛が、伊賀者の襲撃を受けていたかは、窺《うかが》い知るすべはないが、十兵衛は、見事にその追撃者を撃退していた。

平蜘蛛の茶釜を将軍家の追手から隠すため、柳生家ゆかりの地を巡っていたのかもしれなかった。

であったとしたら、敵の伊賀者はおそらく将軍家光が放った者であろう。

おぞましさが全身を走った。

すでにその茶釜の魔性の力は、池田吉泰をして、凶刃《きょうじん》を俊平に向けさせている。

部屋の隅の文机の脇に目をやれば、その悪戦苦闘の末、十兵衛が果てしない幕府隠密との闘いのさなかに工夫を凝らした十兵衛杖が転がっている。

俊平は立ち上がり、その朱房《しゅぶさ》の杖を手にとった。

俊平の手に伝わってくるのは、十兵衛の温もりであった。

俊平は俊平なりに石舟斎、十兵衛とつづく柳生杖の伝統のなかで、己もまたこの杖でひと工夫してみようと思った。

五

翌日、俊平は道場を訪れた伝九郎と、新たに工夫をした十兵衛杖で立ち合い稽古を試みた。

杖の中心部の鋼は抜いている。

鉄芯は、場合によっては木剣以上に破壊力があり、稽古では危険と判断してのことであった。

だが、鉄芯を抜いたおかげで、改良した十兵衛杖はさらに軽く、よく撓り、俊敏に動いた。

まだまだ伝九郎の繰り出す二刀を捌《さば》くほどの速さはないが、ようやくその動きについていけるようになった。

「これなら、いけまするな」

伝九郎も、俊平の勘のよさに感心しきりである。

伝九郎が二刻ほどみっちり稽古を重ねて帰った後、俊平がひとり道場に残って十兵衛杖の素振りを繰り返していると、伊茶も道場に残って、熱心に若手の門弟と稽古をしていくのが見えた。

相手は力量不足で、伊茶はもの足りなそうである。

しばらくそのようすを見ていると、伊茶がこちらに向き直り、

「俊平さまッ、お精が出ますね」

と息をはずませ声をかけてきた。

「おお、伊茶どのも」

「いえ」

伊茶はうつむいてから、

「悔しくて、思うようにはげめませぬ」

そう言って俊平に語気を荒らげた。

「なにが悔しいのです」

「他にありません。あの宮坂に敗れたことでございます」

伊茶は頰を紅潮させて言う。

「あの男は、仮にも疋田新陰流の道場主です。敗れることもあるでしょう」

「俊平さまは、悔しくはないのですか、あの者、この道場に人は無し、とまで嘲って帰っていったのです」

「それほど強いということ。敗けたのですから、仕方がない」

俊平は平然とした顔をしている。

「それが悔しいのです。しかし、俊平さま、これではいけませぬ。当道場は将軍家剣術指南役柳生俊平様の道場ではございませぬか。それでは困るのです」

「まことに、不甲斐《ふがい》ないこと」

「いえ、俊平さまが立ち合ったわけではありません。この道場であの時主だった者は、師範代の新垣さまとこのわたくし。責任の半ばはわたくしにございます」

「それで、そのように激しい稽古をなさっているのですね」

「はい。俊平さま」

伊茶姫は、これまで見せたことのない険しい眼差しを俊平に向けた。

「俊平さまはちと、頼りのうございます」

「私がですか――」

「はい。どこか飄々として手応えがありません。でも、きっとお勝ちになりましょう。でも、わたくしはまた負けてしまうかもしれません。わたくしをもっと鍛えていただきたいのです」

「だが、伊茶どのとは、すでに稽古をしております。いったい、どのような稽古をお望みなのです」

「本気で、勝ち負けの試合をしてみとうございます」

本気で、といった伊茶の頰がさらに紅潮している。

「よろしい、ならば一本、お相手をしよう。いらっしゃい」

俊平は蟇肌竹刀を取り、つかつかと道場の中央にすすんだ。

伊茶が、道場の床を踏みしめてついてくる。

「いざ」

両者、五間をおいて対峙し、蹲踞《そんきょ》する。

俊平は、竹刀を中段にとった。

伊茶は、柳生新陰流では俊平に刃が立たないのがわかっているので、あえて一刀流で勝負する気である。

竹刀をするすると上段にすべらせ、高くはねあげていく。

俊平はそれを見て、いつもとはちがう伊茶を見た。

(出来る——)

一刀流は、浅見道場で師範代をつとめるほどの腕であったことは承知しており、いちど立ち合ったこともあるが、今日の伊茶はその時とはちがっていた。

隙なく身構えたその姿が、これまでになくずっと大きく見えてくる。

俊平の視野には、異色の女武芸者の姿はなく、剣の敵があるのみであった。

全身全霊をあげて俊平との立ち合いに臨んでいる。

この日、この時のために、持てるすべての剣の技量を注ぎ込んでいるのがわかった。

「いやッ」

高い透明な気合を放ち、伊茶はまっすぐに踏み込んできた。

むろん、柳生新陰流の〈後の先〉は承知のうえ。上段から真一文字に振り下ろすと、
俊平は軽々と退く。

伊茶はすかさず剣先をわずか震わせてさらに踏み込み、鋒《きつさき》をたたきあいながら、
また上段にかまえる。

俊平はまた後方に退いたが、伊茶はさらに踏み込み、俊平に反撃に転じる余裕を与えない。

数歩、下がれば壁際である。

伊茶は、さらに深く俊平を追い、

「やあ」

一刀入魂《にゆうこん》の気迫で竹刀を打ちおろした。

極意〈一刀両断の太刀〉である。

俊平はかろうじて右足をひねり、体《たい》を開いて伊茶の剣をたたくと、体を躱して前に踏み込み、延びきった伊茶の小手を打った。

伊茶は、がらりと竹刀を落とした。

「まだです」

伊茶はそう言うや、いきなり俊平に組みついてきた。

むろん、この伊茶の行為は無法ではない。竹刀を落とされた場合、戦意を失わずこうして組み打ちにうって出ることはよくあることであった。

だが俊平は、なにやら悲壮すぎるものを感じ、そのまま伊茶を受けとめるや、じっと動かなかった。

「どうしたのです。もっと動いてください」

「いや、勝負はついた」

「いやです。もっと闘って……」

伊茶は、泣いているようであった。

「仕方ない」

俊平は腕を摑んでわずかに浮かせるや、脚で伊茶の体を払った。

伊茶は、道場の床に投げ出された。

だが、伊茶は悔しそうに俊平を見あげている。

「もう、いいでしょう」

「いいえ、まだ負けません」

伊茶は、立ち上がると、ふたたび組みついてきた。

しかたなく、俊平はまた脚払いをかける。

「姫、あなたの負けだ」

俊平は、胸で大きく吐息していた。

全身が熱かった。

伊茶を抱え、脚払いをかけた折の、女人の柔らかな感覚が両手に残っている。

「お願いでございます。もう一番、お願いいたします」

「嫌です」

「なぜでございます」

「今日の伊茶どのは変です」

「変……?」

「妙に、女人を感じさせる」

「それは、女でございますから……」

そこまで言って、伊茶姫は赤面し、両手で顔を覆って道場入り口に向かって一目散に駆け去っていった。

第五章　御前試合

一

　お庭番遠耳の玄蔵が、血相を変えて木挽町《こびきちょう》の柳生藩邸を訪ねてきたのは、奥伝兵衛が派遣した佐島伝九郎との二刀対十兵衛杖の奇妙な立ち合い稽古が始まってから五日ほど経ってのことであった。

　厳しい稽古を、その日も朝から一刻（二時間）ほどつづけた後、伝九郎と段兵衛、伊茶を昼餉に誘い、道場奥の俊平の部屋に入って膳の食事に箸をつけた時、玄蔵が息せき切って現れたのであった。

　玄蔵は、朝方は南町奉行所に出向き大岡忠相《おおおかただすけ》と話し込んでいたという。

　大岡忠相も、池田吉泰と俊平、茂氏の確執に関してはいたく心を痛めていると玄蔵がつげた。

「どうだ、玄蔵。一緒に食わぬか」

俊平が誘いかけると、

「じつは――」

と言って、玄蔵は同席する伝九郎をうかがう。

いつもの顔ぶれに見かけぬ武士が加わっていることで、玄蔵は話を切り出しにくいらしい。

「どうした、玄蔵。こちらは同じ新陰流を修める佐島伝九郎だ。身内も同然の者ゆえ、心配はいらぬぞ」

と話を促すと、

「それでは、申しあげますが……」

と前置きし、

「じつは例の水茶屋で、御前と争った三人組の旗本の一人、安藤源一郎が辻斬りに遭い、殺害されましてございます」

そう言って、声をひそめた。

俊平は箸を置いて、段兵衛と顔を見あわせた。

「誰が殺《や》った」

「さあ、まだ下手人《げしゅにん》は上がっておりません」

「供の者は――」

「殺られました」

　その日の夜、安藤は忍び歩きだったようで供は一人だけで、その若党も同じく主の安藤同様袈裟懸けに一刀のもと斬り捨てられたという。

「よほどの腕であろう。荒くれ旗本ではあったが、斬られて死んだと聞けば、不憫だ。斬った相手は見当もつかぬのか」

「それが、驚いたことに、大岡様が旗本同士、よく安藤をご存じで、思いもよらない推測をなされておられました」

「ほう」

「ご存知のように、あの鍵屋の辻の決闘で、仇の渡辺数馬、河合又五郎を匿った旗本は安藤次右衛門という名でございます」

「なに」

「斬られた安藤源一郎は、なんとその安藤次右衛門の末裔《まつえい》だったのでございます。そこで大岡様は、安藤はかつて仇であった鳥取藩の者に殺られたのではないかと。思いがけないことではありますが、御前のお話ではあの日公方様とご一緒に御前が懲らしめた折、池田様が般若の面を被りその一部始終を見ておられたそうで」

「されば、池田侯が昔の仇の末裔を見つけ出し、面白おかしく子飼いの浪人者に斬らせたと」

俊平は初めて吉泰と遭遇した折、般若面を着けてうそぶいた虚無な独白を思い出した。

「じつは、袈裟斬りの傷が、左右二筋、綺麗に二撃で決まっていたのでございます」

「ふむ。一刀で袈裟に斬られた後は、体を崩すので、もう一方でも袈裟斬りを受けることは困難であろう」

「はい。奉行所もそう判断し、これは二刀流の者の仕業《しわざ》ではないかと担当与力も思ったそうにございます」

「ううむ。されば、あの男だ」

「心当たりがおありで」

「円明流の遣い手で、岩田如月斎という者がおる。その者が吉泰殿に命ぜられ狼藉をはたらいたのやもしれぬ」

「どのような面体の男でございます」

「白髪を肩まで垂らしておる。長身で、鷹のような眼をした男だ」

「なるほど、それならすべて辻褄《つじつま》が合います。そ奴め、昨夜もまた現れましてございます」

「なに、また出たか。して、犠牲者は」

「それが、たまたま見廻りの同心が近くにいたため、犯行にはおよばず、そのまま立ち去ったそうにございます」

「それは、幸いであったな」

俊平は安堵の吐息を漏らした。

「その同心の手下の十手持ちが、その辻斬りの後を追っていきましたところ、大名《だいみょう》小路《こうじ》の鳥取藩邸に入っていったそうにございます」

「やはり。それにしても池田侯が、そのような者を飼っていたのでは、鳥取藩もただでは済むまいに」

「まったくで。とんでもないお殿様でございます。大岡様も頭を痛めておられました。池田侯が藩士としてそ奴を庇《かば》えば、町方の手のおよばぬこととなり、幕府との間でひと悶着《もんちゃく》あることでしょう」

「上様も鳥取藩には頭をかかえておられますが、お取り潰しまではできるだけ避けたいお考えで」

「そうであろう。太平の世、いったん藩が潰れれば、藩士の暮らしが立ち行かなくなる」

「そのことでございます。そこで池田侯を抑え込むため、上様は、ちょっと無理難題かもしれないが、柳生様のお力をお借りするよりないと」

「無理難題……、私にどうなされたいのだ」

俊平は、身を固くして玄蔵を見かえした。

「どうせよと仰せだ」

「御前試合を催してみてはどうか、と申されておられます。つまり、鳥取藩を剣の力で懲らしめていただきたいので」

「鳥取藩の疋田新陰流、円明流の荒くれを柳生で一手に引き受け、鳥取藩主池田吉泰を懲らしめるなど、言うはたやすいが困難極まる仕事だ」

「承知しております、そこをなんとか」

「だが、幾度か立ち合ったが、門弟は敗れておる」

「ならば……」

玄蔵が上目づかいに俊平を見た。

「上様は、私にも出よと申されるか」

「そのお覚悟でいていただきたいと」

俊平は絶句した。

御前試合といえば、寛永の頃、武術好きの三代将軍徳川家光が、多数の兵法者を集め各流派の優劣を見極めんと江戸城内武術御撰広芝の御稽古場というところで催した。

今、俊平が将軍家剣術指南役の稽古場として使っている場所である。

その折、将軍家指南役である柳生宗矩は、判定者として白采配を上下して勝敗を決する役目であった。

だがこのたびは、俊平自身が御前試合の当事者として闘え、と吉宗は言う。

俊平が吉宗と竹刀を交えるその稽古場が、円明流、疋田新陰流の二流派と争う対決の場となるのである。

敗れれば、柳生新陰流の権威は失墜《しっつい》し、将軍家指南役もご免となろう。

俊平は柳生藩一万石の命運を背負い、闘わねばならない。

「ふうむ」

俊平は重く吐息を漏らした。

その深刻な面持ちを気づかって、

「御前、そこまで深刻にお考えにならずとも……。勝ち負けは時の運」

玄蔵が慰めた。

「いや、負けるわけにはいくまい」

「とまれ、木刀ではお命にかかわります。大岡様は、竹刀勝負で穏便《おんびん》に決着をつけることを上様にご進言なされたそうで。上様も承知されたそうでございます」

「されば、竹刀勝負か――」

「はい。すでに先方の了解は取り付けてございます」

「玄蔵どの」

黙って話を聞いていた伊茶が、話に割って入った。

「その試合、両派何人ずつの勝負となるのです」

「池田侯は二人にしたいと。おそらく疋田新陰流と円明流を一人ずつ当ててくるものと思われます。上様も、それで十分であろうと」

「二人か。ならば、もう一人はわしが当たろう」

段兵衛が箸を投げ出すように置き、玄蔵に向かって野太い声で言った。

「されど、段兵衛さまは、厳密に申さば柳生新陰流ではなく、新陰治源流を修めたお方。わたくしは一刀流を捨て、柳生新陰流ひと筋でございます。わたくしに、ぜひ当たらせてくださいませ。よろしうございましょう」

伊茶が、段兵衛を抑え、俊平に膝を向けて懇願した。

「それを申されるなら、私も今は、柳生新陰流ひと筋。伊茶どのとて、その前は一刀流だったではござらぬか」

段兵衛が、口を尖らせた。

「いえ、段兵衛さま。わたくしはとうに柳生新陰流の者、一刀流など忘れました」

「姫、無茶を申されるな」

「どうか、お願い申し上げます。わたくしは、宮坂晨ノ助には一敗地にまみれておるのです。ぜひ、いまいちど、挑みたく存じまする」

「それは、わしとて同じことだ。大和の柳生道場では、私も疋田新陰流に一敗しておる。ぜひとも汚名返上したい」

「まあまあ。段兵衛も伊茶どのも、そう声を荒立てずとも」

俊平が笑いながら二人の間に割って入った。

「されば、相手方に疋田新陰流としてどちらが出るかで決めましょう。敗れた相手に、もう一度挑むは不利。もし、大和にやってきた者がこたびの相手なら姫が当たられよ。またもし宮坂が出て来るなら、段兵衛が当たる。ただここは、将軍家や、我が柳生新陰流の名誉のためにも必勝を期さねばならぬ。姫が当たる場合は、当柳生新陰流からと見せて、一刀流で当たられよ」

「嫌でございます」

「ここは勝つことが肝要。伊茶どのの場合、新陰流よりは一刀流のほうが腕はやや上と私は見ている」

俊平が、厳然とした口調で言った。

「まあ、それは悲しい申されよう。しかし、やむをえませぬ。ここは俊平さまのおっしゃるとおり、勝つことが第一。柳生新陰流と見せて一刀流を繰り出すのも、駆け引きとしてはよいかもしれません」

「聞きわけのいい姫だ」

悔しそうに唇を嚙んだ伊茶に、俊平はうなずいた。

「ただし、わたくしが勝った暁《あかつき》には、褒美として柳生新陰流〈奥義之太刀〉を、ぜひご伝授いただきとうございます」

「あいわかった。まだ奥義は、伊茶どのには教えていなかったな。太刀筋六本すべてお伝えする」

「うれしうございます」

伊茶はそう言って、二重の大きな瞳を見開いた。

「上様のお話では、これより六日の後、吉日の先勝の日を考えておられます」

話が決まったことに安堵した玄蔵が、日取りを伝えた。

「先んずればすなわち勝つか。昼食を早々に終え、皆また道場でひと汗流すといたそう」

俊平がみなに誘いかけると、

「あいわかりました、柳生様」

それまで黙って話に耳を傾けていた尾張藩の佐島伝九郎が、気合のこもった声を張りあげた。

「されば、私も尾張円明流のすべてをお伝えいたしましょう。ただ、気がかりな点も残ります」

「はて、なんであろう」

「鳥取藩に伝えられた円明流は〈神免武蔵政名流〉とも、〈武蔵流〉とも言い、伝書でもずいぶんと技や形が異なっていると聞きおよびます」

「どのようにちがうのであろうの」

段兵衛が、大きな目をむいて伝九郎に訊ねた。

「尾張藩に伝承された円明流は、鉄人斎とも呼ばれた武蔵の弟子青木金家《あおきかねいえ》の伝えたものと、武蔵が寛永元年（一六二四）尾張に立ち寄った際に教え、養子に迎えた竹村頼角《たけむらよりすみ》によって伝えられたものとがございます」

「そうか」

俊平が静かにうなずいた。

「今に残る円明流は、この頼角のもので、武蔵が尾張を去った後、藩士寺尾直正《てらおなおまさ》が頼角に教えを請い、広めたものと伝えられております。この後、門弟である八田智義《はったともよし》と申す者が、柳生新陰流の袋竹刀を使って指導したことにより、今も尾張の円明流の稽古には袋竹刀を用います」

「なるほど」

ならば、円明流も袋竹刀でよい、と池田吉泰も応じてこよう。

「されば、まず基本を確認いたしますか。左で小刀を中段に、右の大刀は鬢に近い八相《はっそう》に取り、左の小刀で受け、右大刀で打ち込むというかたちとなります。このことをお忘れなさりませぬよう。そして、上からかかるものには下、下からかかるものに上、そのようにもう一刀が延びてまいります。これが二刀流の妙技とお心得くだされ」

「あいわかった。その助言、深く胸に刻んでおこう」

俊平は、目を細めて佐島を見かえし礼を述べた。

神妙に聞いていた段兵衛も伊茶も、あらためて伝九郎に向かって深くうなずいている。

二

これまで俊平は将軍家剣術指南役として吹上御庭の茶屋に近い武術稽古場で、将軍吉宗とともに汗を流してきた。

間口五間奥行十間のさして広くないその稽古場は、俊平にとっては大切なお役目をつとめる仕事の場である。

目の裏に焼きつくほどになれ親しんだその稽古場で、俊平はその日、藩の存亡をかける他流試合に臨むこととなった。

柳生藩側は俊平と伊茶が、対する鳥取藩からは、大和柳生の庄から江戸に移ってきた疋田新陰流鉢谷天膳と岩田如月斎が選ばれている。

稽古場には将軍吉宗他、当事者の柳生藩、鳥取藩からそれぞれ数人の藩士が姿を現している。幕府からは、将軍御側御用取次有馬氏倫、加納久通《かのうひさみち》が連席し、さらにその横に大岡忠相の姿も見える。

勝負はまず、伊茶と鉢谷天膳の一本勝負から始まった。

審判は、将軍家お留流柳生新陰流より師範代新垣甚九郎がつとめることとなり、藩士としてではなくあくまで審判として公平な立場から白采配を持ち、道場中央に立つ。

寡黙な新垣甚九郎は、その日、ことさら重苦しい表情で壁際の将軍吉宗ら幕閣に一礼した。

やがて、

「柳生新陰流一柳伊茶――」

対戦者を呼び出す新垣の声がとどろき、伊茶が固い表情で柳生新陰流の蟇肌竹刀を握り道場の中央に出た。

紺《こん》の刺子《さしこ》に茶の袴、長い髪は無造作に後方に束ねた男装の剣士の登場に、将軍吉宗の周辺がざわめいた。

ことに将軍御側御用取次有馬が、なぜ女人の剣士かとその浅黒い馬面を歪め、壁際に控える柳生俊平を鋭く見すえている。

「疋田新陰流、鉢谷天膳」

呼ばれて対する鳥取藩側から現れたのは、総髪を無造作に後ろで束ねた頭を撫でつけることもせず古木のように痩せた浅黒い肌の男である。

鋭すぎるほどの眼を炯と見開き、鉢谷はあからさまな侮蔑の眸で伊茶を睨みすえると、蟇肌竹刀を片手に居並ぶ吉宗らに深く一礼した。

「勝負一本」

新垣が高く宣すると、双方ぱっと飛びさがって五間の間合いをとった。

伊茶は中段。鉢谷は下段である。

いずれも〈後の先〉を基本とする新陰流だけに、鉢谷も伊茶も様子見から入って動こうとしない。

ことに防御一辺倒の戦意の薄い下段の構えで、天膳が伊茶に対して嘲りをあからさまにしていることは、誰の目にも明らかであった。

伊茶は、わずかに前に踏み込んで、竹刀の先を合わせ剣尖を弾く。

天膳はにやりと笑った。伊茶が消極的と見てとって、間合いを縮めようとスルスルと前に出た。

伊茶が、さっと後ろに退く。

天膳は、さらに詰めていった。

ばん、と竹刀が宙で打ち合い、双方、ぱっと離れる。

しょせん女と侮《あなど》っていた鉢谷の顔色が、しだいに変わっている。女ながら剣技は精妙で、繰り出す技も並のものではない。

一方、伊茶は天膳の剣を、蝮《まむし》のようにすばしこい剣と見て警戒《こうかつ》を強めていた。

天膳と同じ新陰流で立ち向かえば、よくて相討ち、相手が狡猾なだけに、隠し技があれば敗れるかもしれない、と冷静に判断している。

(やはり、一刀流でゆくよりない……)

伊茶は、祈るように剣を上段にあげた。

大胆不敵な構えといえた。

脇が開き、隙だらけである。

天膳は、それを誘いの隙と見て、用心深く前に出ていく。

伊茶が、上段に竹刀を取ったまま、つつと踏み出した。

そうして誘いをかけながら、伊茶は天膳が〈後の先〉で立ち向かってくるのを待った。

天膳はさらに前に出た。

退き撃ちで、すぐに撃って返せばよいと踏んでいる。

両者の間合いが急速に縮まった。

伊茶はぎりぎりに天膳を引きつけ、すばやく一歩退くや、撃ち込んでくる天膳の剣尖を払いもせず、相手に虚ができたところを一刀流の極意〈一刀両断〉で目にも止まらぬ速さで撃ちつけた。

見事に決まっている。

「面あり。それまで」

新垣甚九郎が白采配をあげた。

場内がどよめいている。

将軍吉宗はじめ一同、一瞬ど肝《ぎも》を抜かれたかのように身動きできずにいた。

池田吉泰だけが一人、眉間に黒々とした怒気を溜め、伊茶を睨みすえている。

伊茶はその視線を逸らし、吉宗に一礼し退っていった。

いよいよ、柳生新陰流柳生俊平と円明流岩田如月斎の対決である。

すかさず、新垣が次の立ち合いを告げ、双方の名を呼んだ。

「次――!」

俊平が真白の道着で登場する。

手にした風変わりな五尺ほどの長さの杖に吉宗が、

「おっ」

と声を発した。

見れば稽古で用いる柳生新陰流独特の蟇肌竹刀と同じ、表面に赤漆を塗った鍔《つば》のないもので、両端に柄《つか》が切ってある。

さすがに俊平は、緊張して表情は強張っているが、動きは軽い。むしろ、緊張を己への励みとしているのだろう。不敵な笑みを浮かべて稽古場の中央に立ち、居並ぶ吉宗と、大岡忠相に会釈した。

さきほどの思わぬ敗北に我を失っていた池田吉泰が、ようやく我を取り戻して、居住まいを正し、俊平を憎々しげに見すえると、俊平の手のなかの杖に目を移した。

俊平はそれを、まるで童《わらべ》が遊ぶ竹の棒のように振り、時折左右に持ちかえ握りをたしかめている。

「勝負一本——」

審判新垣甚九郎が高々と宣するなり、両者はぱっと飛び退いて、じゅうぶんな間合いをとった。

岩田如月斎は大小二刀の蟇肌竹刀。尾張藩の佐島伝九郎が教えた円明流の基本型に添って、小刀をぴたりと俊平の顔面に付け、一方の大刀を鬢に添えて、八相に構えている。
（これが二刀流の真骨頂《しんこっちょう》らしい）
岩田はそのまま動かない。
完璧ともいえる防御の構えに、俊平もさすがに身動きがとれない。
小刀をたたきに出れば、大刀が面を、いや、遠く脚を撃ってこよう。
俊平は、杖を大刀に見立て中段につけた。
まずは〈後の先〉に徹して身動きせず、相手の出方をじっと待つことにする。
如月斎は〈後の先〉を予期していたか、かまわずスルスルと間合いを縮めてきた。
俊平は、相手の気を削《そ》ぐべく、するすると退った。
如月斎は、にやりと笑い二刀を大鳥の翼《つばさ》のように左右に広げ、
「すわッ」
と声をあげ、なおも押してくる。
俊平は、さらに退いた。
だが、押されるといつもより軽々と床を踏み、平然と風にそよぐ柳のように動く。
気がつけば、俊平は稽古場を一周していた。
見ようによれば俊平が劣勢に見える。

稽古場に声はなかった。

だが、竹刀をはるかに凌ぐ長さの杖のため、岩田如月斎も容易には踏み込めない。

「ぎゃあ」

如月斎が、わずかに焦りを見せ、鷹のような叫びを放った。

俊平は、さらに稽古場を半周し、如月斎の背の向こうに吉宗を見た。

吉宗は、動ずるようすもなく勝負の行方を見すえている。

俊平も、安堵の眼差しで吉宗を見かえした。

対する俊平の視線の先に吉宗があることを知って、如月斎がわずかな隙を突き動いた。

小刀を俊平の眉間に付け、大刀を鬢に寄せてそのまま押してくる。

次の瞬間、俊平は小刀をたたき、膝元に伸びてくる大刀を杖を入れ替え鐺《こじり》のほうでたたいた。

さらに杖を翻し、するりと掌のなかを滑らせて素早く面を突く。

如月斎はかろうじてそれを大刀でたたき、飛び退いた。

目にも止まらぬ杖の反撃に、如月斎が面くらっているのがわかる。

しかも、しなった杖の先が、たたいた大刀を越えて、如月斎の頰にかすかに触れている。

二刀を構えたまま、如月斎はふたたび押しに押してくる。

如月斎は、小刀で突くように見せて、大刀を頭上で旋回させ俊平の横面を撃つ。

俊平の杖がそれを弾き、反対に如月斎の顔面に飛んでいく。

さらに杖の前後を入れ替える素早い撃ち合いを経て、俊平はいきなり隙を見て如月斎の内懐に飛び込んでいった。

撃ち込んでくる上段からの大刀をたたいて弾き返し、そのまま如月斎の小刀をもつ手を摑んでひねり、同時に左から腰を払った。

柳生新陰流無刀《むとうど》取りである。

如月斎は思うさま稽古場の床にたたきつけられ、それでも起き上がろうとするところを、俊平は杖を反転させ、ぴたりと頭上で寸止めにした。

「一本ッ」

新垣甚九郎が、高々と俊平の勝ちを告げた。

満場に声がない。

二刀の太刀の前に、不利な戦いを強いられること必定《ひつじょう》と見ていた池田吉泰と幕閣一同が、ど肝を抜かれたように道場中央の俊平を見ている。吉宗が相好を崩し、

「俊平め、なかなかやる」

と大岡忠相に言った。

池田吉泰が、悔しさを押し殺し、唇を震わせている。

「吉泰、これにて柳生との遺恨は捨てよ」

「もとより。それがし、柳生殿への遺恨など毛頭ござりませぬ」

吉泰は、ちらと俊平を忌ま忌ましげに見かえし首をすくめた。

「俊平より聞いたぞ。かつて疋田豊五郎という武芸者が見たという平蜘蛛の茶釜が、あれは下野佐野産の古天明の茶釜であることが判明したそうな。松永弾正の釜は、信貴山にて火薬とともに砕け散ったのだ」

「御意」

「いやいや。残念であった。もしまことの平蜘蛛の茶釜であれば、信長公さえ手にできなかった代物。なんとしても、我が物とするところであったが……」

そう言ってさらに吉泰に釘を刺し、吉宗はあらためて俊平を見かえすと、

「これまで柳生新陰流を修めてきたこと、余は誇りに思う」

こんどは大きな声で言い放ち、やおら立ち上がると、御側御用取次二人と大岡忠相を従え、稽古場を後にした。

俊平のもとに、伊茶が、段兵衛が、そして審判をつとめた新垣甚九郎が駆け寄ってくる。

「いやァ、見事だ、俊平！」

段兵衛が、去っていく吉泰の背をちらと一瞥し、俊平の肩をたたいた。

「なに、まぐれだ。次は敗れるやもしれぬ」

そう言って、疋田新陰流鉢谷天膳とともに稽古場からうなだれて去っていく岩田如月斎を目で追えば、ようやく勝利の実感が俊平の胸に去来した。

三

「上様、まこと平蜘蛛の茶釜をご所望とあらば、この俊平、お譲りいたすこと、やぶさかではござりませぬぞ」

稽古場での御前試合から十日ほどが過ぎ、月に一度の剣術指南の稽古を将軍につけ終えて、中奥将軍御座所にもどってきた俊平は、やがて着替えをすませて現れた吉宗といつものように将棋盤を囲み、主従の法《のり》を忘れて気楽な将棋仲間といった態《てい》で語り合っている。

「異なことを言う。柳生家には、平蜘蛛の茶釜などないと吉泰にも伝えた。なにゆえ、そのようなことを訊ねる」

「先日、上様はそのように仰せでございました」

「なに、あれは強欲な吉泰への抑えのため、言い添えておいただけじゃ」

「では、平蜘蛛の茶釜、まことに無用にござりますな」

俊平は盤面からふと面をあげ、吉宗をうかがった。

「咽から手が出るほど欲しい。と言いたいところだが……」

吉宗は盤面から顔をあげて、にやりと笑い、

「だが、欲しうはない」

きっぱりと言ってのけた。

「妙な言い方をなされまする」

「最後の心の迷いを振り切ったのじゃ。やはり余は要らぬ。茶道具などに凝っておっては、余の将軍としてのつとめが疎《おろそ》かになる」

「さ、それは左様でございましょうが……」

俊平は持ち駒を駒台に置いて、吉宗を見かえした。

「徳川将軍家は、数代を経て屋台骨がだいぶ緩んできた。このあたりで余がしっかり

立て直さねば、誰がする」

吉宗は、自分に言い聞かせるように言った。

俊平は、また駒を取って盤面に目を移した。

「もはや、投了じゃ。それよりも、俊平。あの女剣士だ。なんというたかの」

「伊茶どのでございます」

まだ残る平蜘蛛の茶釜への未練を振り払うかのように、吉宗は話題を変えた。

「みごとな一太刀であったの」

「一柳家の姫君伊茶殿でございます。初め一刀流を修めておりましたゆえ、決め手は一刀両断でございました」

「うむ。柳生新陰流と見せて一刀流の一刀両断。あれは作戦勝ちじゃの。なかなかに知恵のまわる姫じゃ」

「はい。剣のみならず薬草学にも通じ、大岡殿のもと、小石川御薬園《こいしかわおやくえん》にてさまざまな薬種を育てております」

「そういえば、あの姫のびわの葉治療のことは耳にしておる。余も治療を施してもらいたいものと思うたことがあった」

吉宗はそう言ってから、

「されば、城中にお呼びなされまするか」

「いや」

吉宗が、ちょっと悲しげにかぶりを振った。

「美しき女人は男心を惑わす。それゆえ、余は大奥の女たちを追放した」

「うかがっております」

「思い出した。そちは、なかなかの艶福家《えんぷくか》じゃそうな」

「はて、なんのことでございましょう」

「余が追い払った大奥の女たちと昵懇とのこと、伊予の姫といい、大奥の女たちといい、なにゆえそちのもとには、麗《うるわ》しき女人ばかりが集まるのか」

吉宗はあらためて俊平を不思議そうに見かえした。

「それは、いささか買いかぶりかと。あのお局方とは、時折芝居談議に花を咲かせております。いわば、茶飲み友だち」

「それも、よい」

「しかしながら上様、なにゆえそのようなそれがしの私事をご存じでございますか」

俊平は、怪訝そうに吉宗をうかがった。

「茂氏じゃ、茂氏がそちのことを面白そうに伝える」

「はて、困りましたな。あのお方は、いささか口が軽うございます」

「さっきの話じゃ。余は平蜘蛛の茶釜を欲せぬもうひとつのわけがある」

吉宗は持ち駒を駒台からまた手に摑み、

「はて、なんでございましょう」

「余は、そちとの関係を大切にしたい」

「はっ？」

「そちにも、武士の意地と信義があろう。それを曲げてまで、茶釜を献上せよとさすがに言えぬ。道具より人。物にこだわっては、己が行き詰まる。信長公も松永弾正もそうであった」

「殿、されば我らが贅沢は、せいぜいこうした素人《しろうと》将棋と存じまする。もう一局、愉しみませぬか」

「よいのう、俊平。だが……」

吉宗は、駒を並べはじめてふと手を休め、

「いまひとつ、厄介ごとがあったのを忘れるところであった」

思い出したようにつぶやいた。

「はて、何でございましょう」

「茂氏の彦三郎の茶壺だ。あれも、池田吉泰との争いの元となっておった」

「いかにも。ただ、喜連川様にも意地がございます。家宝ともいえるあの茶壺、けっして譲りとうはございますまい」

「うむ。茂氏の気持ち、むろんよくわかる。桃山の頃、太閤秀吉より贈られた名物という話であった」

「御意」

「そうじゃ、そのこと。その茶壺、柳河藩に〈蒲池焼〉として今にも伝えられておると聞く。余のもとにも、柳河藩より献上の品が届いておる」

「うかがっております」

「されば、それを茂氏にひとつつくれてやろう。吉泰に、彦三郎の茶壺と申して贈ればよい。突き返せまい」

「良策とは存じまするが、それは一度試み、見破られてございます」

「そのようなこと、どうでもよいのだ。徳川家に太閤殿下から贈られた彦三郎の茶壺として吉泰に贈れば、真偽のほどはどうでもよい。徳川家よりの贈り物を拒めるはずもない」

「しかし、それでよろしいのでございますか。上様は物のわからぬお方、〈蒲池焼〉

を知らずに彦三郎の茶壺として茂氏殿に贈った、などと陰口をたたかれまするぞ」

「なに、余はいっこうにかまわぬ。余にとって大事なことは、評判より国の安寧《あんねい》じゃ。これで、争いが鎮まり、八方丸くおさまるならばそれでよい」

吉宗は、明るい顔でからからと笑った。

「まことにもって、恐れ入ってございます。されば、もう一局」

俊平は平伏し、あらためて吉宗の大きな体を見あげて、将棋の駒をまた並べはじめた。

四

それから十日ほど経った夏も盛りのある日の夕刻、葺屋町《ふきやちょう》のお局方の館で、一柳頼邦の送別の宴が催されることとなった。

といっても、ごく内輪の親しい者だけの集いである。

主賓の頼邦に、その家老喜多川源吾《きたがわげんご》、伊茶も来ている。

列席する大名らの顔ぶれは、一柳頼邦と義兄弟の契りを結んだ二人の一万石大名柳生俊平と立花貫長、それに公方様喜連川茂氏で、それにそれぞれ個性ある風貌の供が従《つ》いてきている。

変わったところでは、多忙を押してもう一人、南町奉行大岡忠相も数人の与力をひき連れ顔を見せ、みなを驚かせた。

さらにもう一人、こうした席には欠かせない顔といえば、江戸いちばんの千両役者二代目市川団十郎である。

市川団十郎は、千秋楽《せんしゅうらく》も近い疲れのたまった体に鞭打《むちう》って昵懇となった頼邦のために万難を排して駆けつけてきたという。

「こんな大切な席に顔を出さなきゃ、男がすたるよ」

と、わっと取り巻いたお局たちに見栄を張ってみせたが、その大御所は玉十郎《たまじゅうろう》と達吉の他にめずらしい女客を二人連れていた。

水茶屋の娘加代と団十郎の女房お才である。

それを幹事役の俊平が見て、にやりと笑いちょっと来いと玉十郎を呼んだ。

「どうして、あの二人が一緒にいるのだ」

とこっそり訊ねると、

「じつは、あれからずいぶんいろいろございましてね」

玉十郎が、そう前置きしてじつに驚くべき話を語りはじめた。

加代の行方を突きとめたお才が、ついに〈浮舟〉に乗り込んできたのだという。

その日は吉野の機転で加代を裏口から逃がして事なきを得たが、加代は、

──もう命が縮まる想い。

だったそうで、大御所は、こんな辛い目には加代を二度とあわせられないと、と家を一軒借りてやり、囲ってしまったという。

それからというもの、大御所は連日連夜加代のもとに通い詰め、芝居の稽古が忙しいなどと見えすいた口実をつくってお才を騙《だま》し、明け方になって帰宅する日をつづけた。

それだけに、大御所の疲れは溜まり放題で、楽屋に入っても、

──もう若くない。疲れたよ。

などと言っては、ろくに稽古もせず、舞台に立っても、腰くだけの演技でちっとも気合が入らない。

「どうした団十郎」

などと四方から野次が飛ぶしまつだという。

お才は、大御所の芝居人生に悪影響が出るようじゃいけないと、

「家に連れておいでなさい」

と、やむなく女房公認の関係に変更してしまったという。

「そういうわけで、加代さんは晴れてお才さん公認のお妾さんになったわけで」

玉十郎が、また含み笑いし、お才と加代を見かえした。

「だが、ずいぶん太っ腹なおかみさんだな」

俊平が、あきれてお才を見かえせば、

「なあに、お才さんだって、伊達に大御所の女出入りで苦労しちゃいません。浮気というものは、こっそりやるところに味がある、認められると、だんだん飽きがくるとわかっているんです。達吉さんの話だと、これまでもずっとそんな繰り返しだったそうです」

玉十郎は壁際で一人飲んでいる達吉を見かえして言った。

「はは。江戸いちばんの人気者団十郎も、すっかりおかみさんの掌の上で踊らされているというわけなのだな」

俊平は、お加代とお才が談笑する姿を見かえし苦笑いした。

狭い十畳間二つの続き部屋に諸大名とそれぞれ供等十人を越える人が集まれば、部屋はもういっぱいである。

その間を、かいがいしくお局方が酒膳の準備を始めている。

俊平は、伊茶と話し込む大岡忠相に一礼し近づいていった。

「これは、めずらしい大岡殿。ご多忙のところよくまいられた」

俊平が忙しいお局方に代わってていねいに挨拶をすると、

「これは柳生様。一柳様、伊茶どのが国表に帰られると聞き、駆けつけました。伊茶どのには、小石川御薬園でひとかたならぬお世話になった」

忠相が、伊茶を見かえしうなずく。

伊茶は、俊平には顔を向けずうなずいている。

「はて、伊茶どの。なんのお話もいただいておらぬが。やはり、国表に帰られることをお決めになられたか」

俊平がやや声を高めて伊茶に訊ねた。

「ご挨拶が遅れました。俊平さまにお話しすれば、ついお名残惜しうなりますゆえ」

伊茶は冷やかにそう言ってすぐに面を伏せたが、またすぐに、きっと俊平を見かえし、

「俊平さまにはまことにお世話になり……。なんと申しあげてよいかわかりませぬ……」

伊茶の言葉がわずかに震えている。

「柳生道場に通うようになり、剣の境地がいちだんと深まったように思われます……。道場でのいろいろな教え、けっして忘れません……」

一言一言を嚙んで含めるように言う。

「そうであったな。姫は上様の御前で疋田新陰流の兵法者を見事打ち破った腕前」

大岡忠相が穏やかな口調で二人の間に割って入った。

「いえ、まだまだでございます。ただ、思い返せば江戸はよい思い出ばかりでございます」

「そうであれば嬉しいが……」

そこまで言って俊平は口ごもり面を伏せた。

その俊平を、伊茶がじっと見かえした。

「お名残惜しうございます」

「そうか、やはりお帰りになるか」

俊平も、言葉を詰まらせている。

「どなたも、引き留めてはくださりませぬゆえ……」

「よき夫を見つけられよ」

「知りませぬ」

伊茶が、涙の光る眼差しで俊平を見かえし、顔を伏せた。

「おお、そうであった、柳生殿」

忠相が、息詰まる男女の生々しいやりとりを振り切るように口をはさんだ。

「上様に、今宵こちらで参勤を前にした伊予小松藩のお二人の別れの宴があると申しあげましたところ、姫にはよい勝負を見せてもろうた、くれぐれもよしなに伝えて欲しい、とのお言葉をいただき、記念に懐刀一振りをお預かりいたしました」

忠相は振りかえり供に従いてきた与力に命じ、袱紗《ふくさ》に包んだ懐刀を姫に差し出させた。

「なんとも言葉になりませぬ。一柳家の家宝として末代まで大切にいたします」

「そうそう、それからお局方にも、上様からお渡しするものがございます」

忠相が部屋のなかをきょろきょろと見まわして、立ち働く女たちに声をかけた。

「綾乃どの、常磐どの」

俊平が目についた歳嵩の二人を呼び寄せた。

「はて、なんでございましょう」

綾乃がうかがうように俊平を見た。

「こちらは、上様ご側近の大岡忠相殿である。上様のお言葉をお伝えにまいられた」

「まあ」

二人は驚いて目を見あわせ、揃って賓客の忠相に手をついて挨拶をした。

吉宗は八代将軍に就任するや、無駄な出費が著しいとして、大奥から美貌の者を中心に五十人もの女たちを一挙に解雇してしまった。

「上様から、大奥の美貌のお局方にすまなかったとのお言葉とともに、贈り物を託されてまいった」

忠相は、懐から目録を取り出した。

忠相はやおら目録を広げてみせ、茶道具の数々、花器、三味線などの諸道具を読み上げた。

「いずれも、大奥に残る古い道具類である。まだまだ使えるものばかり。健気《けなげ》に生きるお局方に使ってほしいとの仰せであった」

忠相が、目録を両手に広げて二人に示した。

「これは、なんともったいないこと。言葉もござりません」

綾乃が言えば、常磐が顔を見あわせ、

「正直、上様をお怨み申しあげることもございましたが、これより後はそのようなことも忘れ、前向きに生きていきたいと思います」

そう言って目頭を抑える。

膳の用意をしていた女たちも、それぞれその場に座り込んで懐紙で涙を拭いはじめた。

「これも、俊平さまのご配慮の賜物と思いまする」

隣に座った吉野が、あらたまった口調で俊平に礼を言った。

「私はなにもしておらぬぞ、吉野。お局方のその話、上様にしたのは、おそらく茂氏殿であろう。礼を言うのであれば、あのお方だ」

「なんの、なんの」

話を聞いていた耳のよい喜連川茂氏が、手を振って笑いかけた。

「それより、茂氏どのとの話だ。いったいどうなったのだ」

俊平が、にやにやと茂氏を見かえしながら吉野に訊ねた。

「はい？」

吉野がきょとんとした顔で首をかしげた。

「ほれ、側室の一件だ。進展してはおらぬのか」

「はい、あの件は、沙汰《さた》止みとなりました」

「なぜだ」

「それは……」

吉野は、しばし考えてから、

「もはや、皆様との町暮らしに慣れてしまい、御殿勤めは億劫。それに、山のなかの暮らしは大変そうにございます」

「わしも、そう思うた」

茂氏も、その話はとうに忘れたと言いたげに、遠くから手を振った。

どうやら茂氏のほうから話を断ったらしい。

茂氏は立ち上がり、こちらに歩み寄ってくると、吉野の前に座り、にこにこしながらその手を取った。

「吉野は、まことによき女だ。ぜひにも、側室に迎えたい。が、わしの藩は貧しい。家臣、領民はみなぎりぎりに切り詰めて暮らしている。私だけ吉野のような麗しき女人を側に置いてよい思いをすることはできぬ。それに、私にはすでに正室がおる」

「立派なこころがけだ」

話を聞いていた立花貫長が、茂氏の肩をたたいた。

しばらく前まで茂氏に冷淡であった貫長が、年来の友のようである。

「彦三郎の茶壺が取りもつ仲だな」

俊平がにやりと笑って言った。

「どういうことだ」

なにごとも鈍感な貫長が、わけがわからぬ態《てい》で俊平に聞きかえした。

「なに、どうということもない」

「ふふ」

吉野がちらと伊茶を見て、いきなり含み笑った。

「どうした、吉野」

「これで、俊平さまの脈が出てまいりました」

吉野が俊平の腕に絡みつく。

「これ、吉野。伊茶さまがおかわいそうです」

吉野の冗談を綾乃が戒《いまし》めた。

「ところで、伊茶どの」

俊平が、まだどこかよそよそしい伊茶に声をかけた。

「やはり行かれるのか」

「はい、もう決めております。いずれまた、お会いする日もまいりましょう。お体を大切に。それから、いつまでもお独り身はいけませぬ。よきご継室をおもらいになり、ご家族をお持ちくださいませ」

伊茶が、俊平に近づいて両手でしっかりと手を握った。

「お心づかい、かたじけない。そのようにする。姫もよき殿御と添いとげ、お幸せになられよ」

「はい。柳生さまの今のお言葉、大切に胸に刻み、新たな人生を歩んでまいります」

「剣の道は、いかがなされる。お捨てになるのか」

横から、段兵衛が不満そうに口をはさんだ。

「けっして捨てることはいたしません。私と剣はもはやひとつのもの。柳生新陰流は、いつまでも私のなかに生きつづけております」

伊茶がまた涙ぐんでいる。

立花貫長が、さらに姫に問いかけようとする段兵衛の袖を引いた。

「伊茶どのは、どこにあっても伊茶どのだ」

「さよう。伊茶どのはどこにあっても心やさしく、熱いお心であられる。伊予では伊予で、きっと領民によかれと尽力なさろう。必要な苗木《なえぎ》があれば送らせる。おっしゃってくだされ」

大岡忠相が、やさしく伊茶に声をかけた。

「さよう。伊茶どのの心は、伊予にあっても江戸にある。小石川御薬園のびわの木も、九十九里《くじゅうくり》の農場の甘薯畑《かんしょばたけ》も、伊茶どのの手をかけたもの」

喜連川茂氏も、大きくうなずいた。

「そうだったな」

俊平がそう言えば、伊茶が涙を浮かべて俊平を見かえした。

伊茶はこらえきれずに立ち上がると俊平らのもとをはなれ、お局方の手伝いを始めた。

「どこまでも健気なお方よ。今宵の主賓であられるのに、姫はお局方の手伝いをなされておられる」

茂氏が、伊茶の姿を追ってめずらしく目頭を熱くしている。

「柳生さまもお辛そう」

吉野まで涙ぐんでいる。

「ささ」

大岡忠相が、酒器を持って俊平に酒を勧めた。

「こたびのことでは、大岡殿にまでいたくご心配をおかけした」

俊平が、返杯の酒を忠相に注ぐ。

「いやあ、柳生殿はお強かった。こたびは蛇《へび》ににらまれた蛙《かえる》と見ておりましたが、どうして、しっかり蛙が蛇を撃退なされた」

「大岡殿、その例えはちと柳生殿に失礼ではござらぬか」

公方様がそう言うと、忠相が、

「あ、これは」

と、首を撫でた。

忠相は、養嗣子の俊平がそれほどの剣豪に育っているとはまだ信じられないらしい。

「いや、まこと危ないところでした」

俊平は悪びれずに苦戦であったことを認めた。

「いやいや、それにしてもあの魔法の杖、よくあそこまで工夫をなされたの」

大岡が言う。

「あれは、柳生新陰流の秘伝。養嗣子の身ゆえ、藩主にして知りませんでした。こたびのことで、ようやく柳生家の主となったことを嚙みしめることができた思いです」

「まこと。して、ちとあらぬことをお訊ねするが、平蜘蛛の茶釜はいまいずこに」

唐突に忠相に訊ねられ、俊平はうっと息を吞み、

「さて、地を這いまた闇に隠れてしまったようです」

「柳生殿、それはない。私と柳生殿の間柄ではござらぬか」

日頃は謹厳実直《きんげんじっちょく》の忠相も、酒が入っているのかどこか無邪気である。

「はは、されば当家にて久々に茶会を催すことにいたしましょう。大岡殿もぜひお招きする」

「それは、光栄なこと」

「されば、私も呼んでくだされような」

話を聞いていた喜連川茂氏が、俊平の耳元で訊ねた。

「むろんのこと、公方様もどうぞお越しくだされ」

「わしもきっとだぞ」

立花貫長が念を押した。

「ただし、お出しするものは偽物。くれぐれもそのおつもりで」

「さようであった。上様のお言葉どおり、あれは松永弾正久秀の骸《むくろ》とともに弾けて飛んだのであった」

忠相と、茂氏が顔を見あわせうなずきあった。

「ところで、大岡殿」

あらためて、俊平が忠相に膝を向けた。

「なんでござろうな」

「あの試合では、忠相殿は池田侯とご同席であられたが、あのお方、あれで納得して退きさがられましょうか」

俊平は最後に残ったわずかな懸念を口にした。

「さよう……」

忠相は、しばし考えてからあらためて俊平を見かえした。

「上様ともそのこと、語り合ってございります」

「上様と――」

「池田侯は、たしかに執拗なところがおありだ。これに懲《こ》りず、まだまだ柳生殿に喧嘩を仕掛けてくるかと、私は一時思いました。しかし、ご安心なされ」

「と、申されると」

「どうやら、こたびは上様がしっかりと釘を刺されました。大丈夫かと存じます」

「釘を刺された」

「後日、上様は池田侯をお呼び出しになり、千成瓢箪についてお訊ねになったからでござる」

「あの黄金の瓢箪の一件でござるな」

「さよう。上様は吉泰殿に、千成瓢箪といえば言わずもがなの太閤秀吉。池田家は、代々黄金の瓢箪を作らせ蓄えたが、豊臣恩顧の大名であることを誇示されたいか、とお訊ねでした」

「上様は、面白いことをお訊ねであった」

脇で茂氏がふむふむとうなずいた。

「池田侯は、ひどく狼狽なされ、そのようなことはけっしてないと仰せられた」

「さようか」

俊平も笑いだした。

「上様は、ならば余もその千成瓢箪がひとつ欲しい。太閤から贈られた瓢箪を譲ってはくれぬかと申された」

「して、池田侯は」

貫長が忠相に食い下がった。

「あいにくながら、これは家宝にて、断じてお譲りすることはできぬと」

「はは、それはどこかで聞いた台詞だ。して上様は諦められたか」

俊平が訊いた。

「いや、三百両の値打ちがあると聞いた。千両でどうだ、とさらに迫られて」

「さすが、上様じゃ。愉快、愉快」

茂氏が、ついにからからと笑いだした。

「吉泰殿は、それは、ご免こうむる。とつっぱねられたという。すると上様も意地になって、さらに迫られ、謀叛《むほん》の心ありやと疑われる、御家断絶となってもよいか、とまで仰せであった」

「なに、脅しであろうがの」

「むろんのこと」

忠相が貫長に向かって応えた。

横で茂氏がひやかすように言う。

「しばらく睨み合いがつづいた。池田侯、とうとう恐怖のあまり、その場で泣きだしてしまわれたそうな」

「たかが三十二万石で八代将軍に歯向かえるわけがない」

貫長が言う。

「とはいえ大した度胸であったと上様は後に申されておられた」

忠相が妙に感心したように言った。

この話、よほど面白いらしく、みな輪をつくって聞き耳を立てている。

「それから」

俊平が、大岡忠相に先を促した。

「上様はもうよいと申された。それから、そちの思いは、柳生家の思いでもあろうと申された。力ずくで譲れと迫ることは、人の心を踏みにじるもの。もはや、茶釜のこと、諦めよ。さらにまた、柳生新陰流に挑むことは、徳川御家流の余に挑むのも同じこと。次には鳥取藩はなきものと思えと仰せであったそうな」

お局方の間から、喝采《かっさい》が上がった。

「それはようございました」

いつの間にか大岡忠相の隣で話を聞いていた大御所団十郎が、俊平に労《ねぎら》いの言葉をかけた。

「もう安心だ。それではこのあたりで一件落着と、一柳様、伊茶姫様をお送りする宴の三本〆《じめ》といたしましょう」

団十郎が、明るい声でみなに誘いかけた。

「ですが、大御所。今夜はお別れの宴です。三本〆はちょっとちがうんじゃありませんか」

玉十郎が、そう言って団十郎の袖を引いて言った。

「なに、いいのだ。賑やかに行こう。今日は、俊平殿と妹の先勝の祝賀会でもあるのだ。のう」

一柳頼邦が、伊茶を見かえした。

「そうでしょう。悲しい別れは、柳生先生や、豪傑立花貫長様らしくもありませんや」

団十郎も言う。

「そのとおりだ。頼邦殿は一年もすれば、また江戸に戻ってくる。伊茶どのもきっとだ」

貫長が、伊茶姫をうかがった。

「きっと帰ってくるよ」

茂氏も、妙に自信たっぷりに言う。

「それじゃあ、不肖この市川団十郎が音頭をとり、三本〆といたしやす」

「待ってました」

「成田《なりた》屋ッ！」

お局方の間から黄色い声援が飛ぶ。

「それじゃ、一柳頼邦さま、伊茶姫さまの国表へのご帰還のご無事を祈って、そして、柳生俊平さまと伊茶さまの御前試合での大勝利を祝して、お手を拝借」

「ようッ」

貫長の、合いの手が入る。

みなが揃っていっせいに、シャン、シャン、シャンと手を打てば、お局館に割れんばかりの喝采が響きわたった。

時代小説
二見時代小説文庫

御前試合《ごぜんじあい》 剣客大名《けんかくだいみょう》 柳生俊平《やぎゅうとしひら》 6

著者 麻倉一矢《あさくらかずや》

発行所 株式会社 二見書房
東京都千代田区三崎町二−一八−一一
電話 〇三−三五一五−二三一一［営業］
〇三−三五一五−二三一三［編集］
振替 〇〇一七〇−四−二六三九

印刷 株式会社 堀内印刷所
製本 株式会社 村上製本所

落丁・乱丁本はお取り替えいたします。
定価は、カバーに表示してあります。

©K. Asakura 2017, Printed in Japan. ISBN978−4−576−17059−6
http://www.futami.co.jp/

麻倉一矢

剣客大名 柳生俊平 シリーズ

以下続刊

将軍の影目付・柳生俊平は一万石大名の盟友二人と悪党どもに立ち向かう！ 実在の大名の痛快な物語

① 剣客大名 柳生俊平 深川の誓い
② 赤鬚の乱
③ 海賊大名
④ 女弁慶
⑤ 象《ぞう》耳《みみ》公《く》方《ぼう》
⑥ 御前試合

上様は用心棒 完結

① はみだし将軍
② 浮かぶ城砦

かぶき平八郎荒事始 完結

① かぶき平八郎荒事始 残月二段斬り
② 百万石のお墨付き

二見時代小説文庫

佐々木裕一

公家武者 松平信平 シリーズ

以下続刊

公家出身ながら後に一万石の大名となった
実在の人物、松平信平の痛快な活躍！

①公家武者 松平信平 狐のちょうちん
②姫のため息
③四谷の弁慶
④暴れ公卿
⑤千石の夢
⑥妖し火
⑦十万石の誘い
⑧黄泉の女
⑨将軍の宴
⑩宮中の華
⑪乱れ坊主
⑫領地の乱
⑬赤坂の達磨
⑭将軍の宴
⑮魔《ま》眼《がん》の光
⑯暁の火花

二見時代小説文庫

沖田正午

北町影同心 シリーズ

以下続刊

「江戸広しといえどこれほどの女はおるまい」北町奉行を唸らせた同心の妻・音乃。影同心として悪を斬る！

北町影同心

①閻魔《えんま》の女房
②過去からの密命
③挑まれた戦い
④目眩《めくら》み万両
⑤もたれ攻め

殿さま商売人 完結

①べらんめえ大名
②ぶっとび大名
③運気をつかめ！
④悲願の大勝負

将棋士お香 事件帖 完結

①一万石の賭け
②娘十八人衆
③幼き真剣師

陰聞き屋 十兵衛 完結

①陰聞き屋 十兵衛
②刺客 請け負います
③往生しなはれ
④秘密にしてたもれ
⑤そいつは困った

二見時代小説文庫

早見俊

居眠り同心 影御用

シリーズ

以下続刊

閑職に飛ばされた凄腕の元筆頭同心「居眠り番」蔵間源之助に舞い降りる影御用とは…!?

① 居眠り同心 影御用 源之助人助け帖
② 朝顔の姫
③ 与力の娘
④ 犬侍の嫁
⑤ 草笛が啼《な》く
⑥ 同心の妹
⑦ 殿さまの貌《かお》
⑧ 信念の人
⑨ 惑いの剣
⑩ 青嵐《せいらん》を斬る
⑪ 風神狩り
⑫ 嵐の予兆
⑬ 七福神斬り
⑭ 名門斬り
⑮ 闇の狐狩り
⑯ 悪《あく》手《しゅ》斬り
⑰ 無法許さじ
⑱ 十万石を蹴る
⑲ 闇への誘い
⑳ 流麗の刺客
㉑ 虚構斬り
㉒ 春風の軍師

二見時代小説文庫

森詠

剣客相談人 シリーズ

一万八千石の大名家を出て裏長屋で揉め事相談人をしている「殿」と爺。剣の腕と気品で謎を解く！

以下続刊

①剣客相談人 長屋の殿様 文史郎
②狐憑きの女
③赤い風花《かざはな》
④乱れ髪 残心剣
⑤剣鬼往来
⑥夜の武《もの》士《はな》
⑦笑う傀儡《くぐつ》
⑧七人の剣客
⑨必殺、十文字剣
⑩用心棒始末

⑪疾《はし》れ、影法師
⑫必殺迷宮剣
⑬賞金首始末
⑭秘太刀 葛の葉
⑮残月殺法剣
⑯風の剣士
⑰刺客見習い
⑱秘剣 虎の尾
⑲暗闇剣 白鷺

二見時代小説文庫